AF415256

EL DIABLO TAMBIÉN JUEGA BÉISBOL

Elizabeth Valdez

EL DIABLO TAMBIÉN JUEGA BÉISBOL

El diablo también juega béisbol
Elizabeth Valdez
ISBN: 978-9945-600-74-2
2017

Editorial SANTUARIO
Av. Pedro Henríquez Ureña No. 134,
La Esperilla, Santo Domingo, Rep. Dom.
E-mail: editorialsantuario@gmail.com
http://editorialsantuario.blogspot.com
Tels.: 809 412-2447; 809 637-1918

Corrector de estilo: Juan Julio Ovando Pujols

Diagramación y diseño de portada:
Amado Santana (amado_alexiss@yahoo.com)
(809) 477-5602

Impresión: Editora Búho

Impreso en República Dominicana
Printed in The Dominican Republic

Índice

A mi madre...

—¿Qué es un guerrero de la Luz?

—Tú lo sabes –respondió ella sonriendo–. Es aquel que es capaz de entender el milagro de la vida, luchar hasta el final por algo en lo que cree, y entonces, escuchar las campanas que el mar hace sonar en su lecho.

Él jamás se había creído un guerrero de la Luz. La mujer pareció adivinar su pensamiento.

—Todos son capaces de esto. Y nadie se considera un guerrero de la Luz, aún cuando todos lo sean.

Él miró las páginas del cuaderno. La mujer sonrío de nuevo.

—Escribe sobre el guerrero –le dijo.

Paulo Coelho

Tus ojos veían todos mis días, todos ya estaban escritos en tu libro y contados antes que existieran uno de ellos.

Salmo: 139-16

Prólogo

Si algo me enseñó mamá desde niña, fue a ser obediente. Papá me enseñó «*el miedo*»; combinado con la palabra «*no*». Esa fue la debilidad más grande que me dejó de herencia.

Donde quiera que esté, se debe estar arrepintiendo de haberme inoculado ese mal; porque sabe que te convierte en un ser inútil y vulnerable.

Desde aquí le digo: «*Ya no te preocupes papá… Lo he superado*».

Y es verdad, aunque a veces llega y me tienta, recordándome que me sacudió fuerte por mucho tiempo. Pero ya lo conozco; ya sé qué hacer cuando llega con sus dudas; ya no cabe en mi cabeza… Me le río de frente, le doy la espalda y continúo valiente lo que me he propuesto.

No sé por qué creo que todo empezó con esa experiencia.

Jugábamos en la cancha de la escuela. Yo lancé la pelota con todas mis fuerzas. Mi amiga hizo intento de batearla, pero no pudo: el Diablo la aparó detrás de ella y me sonrió con sarcasmo; desapareció… Yo proferí un fuerte grito.

Desperté. Había sido una pesadilla.

Me tiré rápido de la cama. Ya se me hacía tarde para ir a la escuela. Me cepillé los dientes, me puse mi uniforme; recogí mis cuadernos. Me colgué el rosario que mamá me había regalado porque esa pesadilla me dejó muy asustada. Entonces me marché.

Veintitrés años después.

Era Semana Santa y salí a caminar. El mar me quedaba a solo cruzar la calle del hotel donde estaba hospedada desde el Miércoles Santo con algunas amigas. Luego me encontré sentada en un banco de la orilla. Se terminaba el atardecer; la luz del día se extinguía.

Miré el mar y las olas se movían serenas; contemplé el cielo y sus nubes. Pero ya su borrador había empezado a desaparecerlas para pintar la oscuridad de esa noche y dejar brillar las estrellas alrededor de la luna.

A mi derecha me encontraba acompañada del viento y, en ese mismo momento, pensé en *ella*.

Me paré, mojé mis pies en la orilla; caminé lentamente. Me enfoqué en su memoria y quería sus respuestas de lo que había sido su vida. Empecé por su niñez. Lloré. Luego seguí caminando rumbo a su adolescencia. Me dio mucha nostalgia. Me detuve. Miré otra vez hacía lo más infinito del mar, ahí estaba, viviendo su presente. Quise preguntarle cómo visualizaba su futuro y me contestó que no me diría nada, porque sus otras etapas en la vida las había vivido muy diferente a como hubiese querido: el destino, la distancia y el tiempo lo decidieron por ella. Insistí. No di otro paso más y me dijo:

«A ciertas promesas que no cumplí no le he dado respuestas. Pero ahora me pregunto qué me impide dárselas. Me di cuenta que a todo el que le pregunté por qué se opuso en mi camino, me dio sus razones; cada una con su historia y su pasado. Yo también me di una: El Miedo. Pero lo dejé a un lado. Había superado la violencia intrafamiliar. Empezar de cero fue lo mejor que me pasó. Pero todavía la mirada del destino sigue clavada en mí.»

    Elizabeth Valdez

Continuamos caminado. Le dije que no lo mirara; que el destino era un misterio que nos sorprende con situaciones que nunca estamos esperando; que se enfocara en perseguir sus sueños, que esos sí podemos hacerlos realidad si nos empeñamos en lograrlos; que su batalla tenía que tener algún fin; que rompiera con su pasado y se motivara a vivir su presente. Así pude hablarle de cómo poder dibujar su futuro.

Tomadas de las manos, caminamos a orillas del mar y me dijo que ya podía escribir o hablar de su historia.

Terminamos cansadas, con los pies arrugados. Las espumas que formaban las olas con su vaivén los lavaban una y otra vez. Ella siguió caminando hasta perderse de vista; yo volví al banco donde había olvidado mi carpeta para seguir escribiendo. No quería perder ni un detalle de lo que me había dicho, no sabía si volvería a encontrármela: me dejó una valiosa lección sobre el destino.

Pero antes de soltar su mano, le revelé todo lo que las fuerzas celestiales habían hecho por ella y ese destino que creyó equivocado de su pasado. La exhorté a que agradeciera a Dios por cada día regalado sin arrepentirse de nada de lo que había sido en su pasado. La clave era visualizarlo como una gran experiencia; porque muchas veces, cuando todas esas cosas le pasan a un ser humano y, aún así sigue en pie, y se atreve a contarlas, se pueden escribir grandes y emocionantes historias que se viven de nuevo con solo leerlas. Así comenzaré a contarles todo lo que me dijo *ella*.

El primer home run del Diablo

«¡Se preparó el pitcher, vino el lanzamiento: HOME RUN!»

Sonó un batazo fuerte y toda la fanaticada se puso de pie y giró la vista hacía atrás. A él nadie lo vio pisar el *home*. Ela cayó al suelo; en medio de la calle sin asfalto. Esa calle era la única vía para llegar a su escuela. Era amplia, llena de cascajos y hoyos. Ahí se desplomó. Solo escuchó el sonido del batazo. No imaginó que esa pelota que salió de *home run* se estrellaría en su ojo derecho, dejándola incapaz de moverse. Todo su alrededor se llenó de personas. El impacto de ver esa niña tirada en medio de la calle, hizo que los espectadores se olvidaran del juego.

Cuando la llevaron a casa, todavía estaba inconsciente. Despertó en los brazos de su madre.

—¿Qué pasó, mi niña?… ¿Y tus cuadernos dónde están?

—Los perdí mamá, no supe nada, me... –contestó todavía aturdida.

—¡Dios mío!, mira como está tu ojo… está muy hinchado, ¿puedes ver? –le preguntó luego de cubrir el otro con algunos dedos.

—Sí.

—¡Gracias Virgen Santa! –clamó su madre mirando al cielo.

Desde entonces, tuvo miedo de pasar por ahí. Cada vez que cruzaba por el *play*, le llegaba la sensación de temor a que otra pelota podría salir y pegarle. Pero era el único camino para llegar a clases, por lo que tenía que enfrentarlo día a día.

Ela soñaba con ser una gran empresaria. Sus padres agricultores tenían una numerosa familia. Era hermosa y obediente. Lo que más atraía de ella era su tierna mirada que irradiaba luz de paz. Cariñosa. En su familia todos la consentían por ser la más pequeña de la casa. Pero su padre era todo lo contrario: muy controlador y extremadamente cuidadoso. Sus ojos siempre estaban encima de ella, provocándole un miedo terrible y una inseguridad que la marcaba cada día, pues su carácter no era para menos. Lo respetaba como a un Trujillo. Como todo padre, quería un buen futuro para sus hijas. Se puso muy feliz el día que llegó a su casa un hombre: moreno, alto, fuerte… Beisbolista.

En un viejo pueblo minero, de gente humilde y trabajadora, todos los años se preparaban para celebrar sus patronales en honor a la virgen inmaculada. Cada año eran celebradas frente a la catedral. Cada día el pueblo crecía y las actividades que se realizaban para que las patronales fueran de mayor atracción, demandaban acciones que afectaban las celebraciones de las misas. Eso obligó a que la parroquia se lo comunicara a los organizadores y la trasladaron a otro lugar. Por muchos años siempre fueron ahí, frente a ese parque que llevaba el nombre de un indígena. En el entorno habían varias discotecas y restaurantes y, al final de la calle, el destacamento municipal. No había mejor lugar que ese.

En el año 1999 el pueblo estaba feliz y orgulloso. Se había inaugurado un estadio de béisbol, donde había gran espacio. Se acordó celebrar doblemente las patronales ahora que se contaba con ese enorme estadio.

Al lado del estadio seguía aquel *play*, de donde salió una pelota y golpeó a Ela cuando era niña. Para entonces era toda una mujer y todas las noches iba a celebrar. Le quedaba muy cerca. Una de esas noches caminaba entre la muchedumbre… También el beisbolista. En esa ocasión no le pegó, solo se le presentó y le dijo: *«Hola… ¡Qué linda eres!»*; *¿cómo te llamas?*; *«quiero conocerte»*; *«¿quieres ser mi novia?»*…

Los desalojados

Antes que el primer rayo de sol tocara el verde de las montañas, ya los campesinos trabajaban sus tierras; un caudaloso río llamado Yuna no solo adornaba el paisaje, también favorecía la tierra y las siembras.

Las cosechas eran de buena calidad. En el campo se respiraba un aire puro, era un orgullo para sus habitantes vivir ahí. Todos se trataban como hermanos y se encompadraban unos con otros. Pero el destino de los agricultores de esas tierras muy pronto daría un giro inesperado.

Agustín trabajaba sin parar hasta tarde, incluso cuando el sol ya se había ocultado seguía entre sus siembras. Su compadre, Rafael, también tenía tierras vecinas y al terminar la jornada de trabajo compartían un buen puro fabricado por ellos mismos.

Un atardecer Rafael se fumaba su puro y mientras el humo todavía no se desvanecía en el aire después de exhalarlo, le confiesa a Agustín que su hijo Tony será pelotero. Que pronto dejaría el campo para ir al pueblo a buscar una buena liga para el muchacho, ya que la edad de ponerlo en lleno le había llegado.

—Me mudaré al pueblo para que el muchacho pueda entrar a practicar, aquí no hay nadie que me lo encamine. Él dice que quiere ser doctor, pero yo quiero que sea pelotero. Mejor lo encamino por ahí; a él también le gusta, tiene unos buenos brazos y si sale a mí, este tamaño lo ayudara.

—Sí, compadre, debió dedicarse a eso –le dijo Agustín sarcásticamente.

—Que va, a mi edad yo me conformo con escucharlo por la radio… Agustín, escuché unos rumores… dicen que aquí construirán una presa

Agustín inhaló profundo su puro. Y cuando tiró todo el humo de sus pulmones, le dijo:

—¡Me cago en diez compadre!, creo que le está haciendo daño el tabaco. Con los dos comentarios que me ha hecho, creo que está delirando. Vámonos, mañana será otro día.

—El día estuvo duro Margot, pero ya terminamos de recoger todo el maíz.

—Tienes unos hombres muy trabajadores y contigo a la cabeza, ¿que más se puede esperar? Ven a cenar, come… que luego tengo que decirte algo.

—¿Qué pasó, Margot? Dime ahora, no quiero esperar, ¿es tan grave?

—No, come Agustín no seas impaciente.

—¡Carajo Margot, dime! –la cena cayó al piso del estruendo que generó su alta voz y el puñetazo que dio en la mesa–. Cuantas veces te he dicho que si no me vas a decir las cosas caliente, mejor no me las anuncies.

—Agustín… llegaron unos hombres, dicen que eran enviados por el General Imbert Barreras.

—¿Qué dijeron? ¿Qué querían?

—Bueno Agustín, llegó la hora de salirnos de este campo; estas niñas no pueden subir aquí, es un atraso para ellas y los muchachos también.

—Pero de qué estás hablando mujer… cuantas veces te he dicho que aquí está todo lo nuestro… ¿Acaso Imbert te regaló una casa en la ciudad, o te irás a la capital con tu mamá?

—No, pero la compraremos con lo que te paguen por las tierras, tenemos que irnos… van a desalojar todos los habitantes de estas montañas…

Una bofetada la arrojó al piso, justo donde había caído la cena. Agustín vio que algunos de los hijos todavía no se habían dormido, los miró y la levantó.

—Como puedes actuar así delante de tus hijos, eres un abusador.

—Es que tú en vez de estar triste por la noticia que me tenías, estás feliz y solo pensando en salir de aquí, no sabes lo grave de esto Margot, esa gente son capaces de… ¿Qué más dijeron? ¡Dime!... Están locos, quién dijo que vendo… ¡Me cago en diez! –era la frase que lo identificaba en cada conversación.

—Agustín no te hagas el loco, si eso es así como se escucha decir de este gobierno, ellos lo harán por encima de la cabeza de todos.

No creía Agustín lo que estaba escuchando. Ya no eran rumores, lo estaban viviendo en la realidad y en su cara se reflejaba la angustia de lo que podía pasar; el desalojo estaba por llegar.

Agustín amaba sus tierras, era lo único que sabía hacer y con que sostener su familia. No quería aceptar la realidad, estaba turbado y sin opciones; bajo el poder de un gobierno que tenía un historial de escalofriantes consecuencias para los que contrariaban sus decisiones.

Pedregones volaban en el aire, parecían fuegos artificiales, pero sin la belleza de esos emocionantes colores. Solo se observaba un oscuro polvo marrón que nublaba el cielo lleno de escombros. Los campesinos lo miraban con sus caras de asombro y un latido en el corazón que les acordaba que tenían que desalojar. Temían perder sus vidas. Ni sus tierras ni sus casitas valían para ellos una sola mota, pues ya las explosiones hacían llegar piedras enormes muy cerca de sus casas.

Una anciana no pensaba lo mismo, había enviudado y no tenía hijos por quien luchar. Se aferraba a una mecedora que la balanceaba y le dejaba contemplar esas hermosas montañas llenas de flores heliconias. Imaginaba como aquellas explosiones llegarían pronto a acabar con aquel paisaje y la llevarían a estar al lado de su amor de muchos años; lejos de sus achaques de vejez y su deteriorado rancho. Eso la alentaba a no salir. Mientras que Margot estaba desesperada por dejar atrás el campo.

—Agustín, vas a dejar que nos maten a todos, las explosiones cada día se acercan más –reclamó a su esposo–. Vámonos de aquí.

—Margot, eso está lejos todavía… además, no han venido a hacer ningún acuerdo con nosotros. No somos animales salvajes, algo tendrán que hacer primero; no dejaré todo perdido… Ahí si es verdad que prefiero morir aquí.

—Ya las escuelas están cerradas, Agustín.

—Mañana iré al pueblo… buscaré con quien hablar para que estés más tranquila, Margot.

Ya su compadre Rafael se había mudado al pueblo con su hijo. Trabajaba en una factoría. Su hijo, enfocado en la pelota. Agustín visitó a Rafael.

—Compadre, vamos a hablar sobre las tierras; acompáñeme que tenemos que saber qué es lo que esta gente hará.

Agustín y Rafael llegaron al departamento que estaba encargado de la obra.

  Elizabeth Valdez

—Mire señor Agustín, a usted se le dará lo que valen sus tierras, no se preocupe, y se rifarán unas parcelas entre los que más produzcan… Pero la presa va aunque ustedes se opongan; eso está aprobado por el gobierno.

Agustín se puso rojo del enojo y dio un puñetazo en la pared, ya iba a empezar a ganarse su corona de flores con todo lo que empezó hablar del gobierno, pero su compadre lo sacó a rastras rápidamente y se marcharon de ahí. Pasaban los meses y se seguía trabajando pero de repente sonaba otra explosión y nadie aparecía para hacer negocios con los campesinos. Bueno, con los pocos que quedaban; ya se habían marchado en su mayoría. Los que tenían muy poco que perder, las explosiones y los peñones que caían muy cerca, los habían espantado. Las autoridades llegaron cuando solo quedaban doce familias, entre ellos la de Agustín. Le pagaron lo que ellos creían que costaban las tierras, pero Agustín salió agraciado: se sacó una de las parcelas, lo que siempre quiso tener; no le importó mucho la miseria que le dieron por las tierras.

—Margot, ya si te escuchó Dios, te compraré tu casa.

—¡Dios mío, gracias! –Margot no creía lo que estaba escuchando–. Pero Agustín ¿qué pasó?... ¿cómo te convencieron? Te pagaron una fortuna me imagino.

—No tanto así, pero me saqué una…

—¿Una qué…?

—Una parcela Margot; para sembrar lo que siempre quise: arroz.

—¡Quéee…!

—Sí, mira los documentos y todo. El compadre Rafael, José Antonio y Mario también se sacaron una.

—¡Waooo, qué dichosos! ¿Dónde se encuentra?

—Es retirado del pueblo… a unos kilómetros, pero compraré la casa en el pueblo, de eso te doy mi palabra, Margot.

—¿Me lo prometes?

—Sí –prometió Agustín. La levantó por la cintura, unió su frente a la suya y dio un emocionante giro todo su alrededor. ¡Qué alegría sentía!

En ese hogar de agricultores, nunca se había escuchado tantos gracias a Dios y, con esa alegría, se prepararon para pronto dejar su campito.

A los quince días de llegar al pueblo, ya Margot tenía su casa. Agustín cumplió con su promesa. Ahora se preparaba para comenzar a trabajar sus tierras arroceras. ¡Qué dichosa se sentía la familia!

Hasta que se dieron cuenta que todo fue un engaño. Las parcelas que rifaron eran ajenas, con documentos falsos jugaron con los campesinos. Para sacarlos pagándoles muy poco por sus tierras. Todo lo que Agustín había soñado se fue abajo, dejándolo con una impotencia enorme y un odio al gobierno que le duró toda su vida.

El color rojo para Agustín era como ver al mismo demonio.

Después de resignarse, Agustín siguió la agricultura, en tierras que arrendaba con lo poco que le había quedado, luego de comprar la casa en el pueblo. Pero esa pérdida hizo que Agustín se refugiara en el alcohol y su violencia era aún más inconsciente.

El don de la luz divina

A pocos años de Margot estar en su nueva casa y sentirse en la comodidad de un pueblo que garantizaba mejor desarrollo que el campo donde vivían, una cita médica la dejó preocupada y muy triste. Algo extraño estaba creciendo en su vientre. Los doctores donde había acudido no sabían el motivo de esa condición, le preocupaba morir y dejar tantos hijos, por los cuales había trabajado y soportado mucho. Agustín hizo todas las diligencias posibles para llevarla a diferentes doctores antes de tomar la decisión de una cirugía; a la cual le había puesto fecha uno de los doctores. Le habían diagnosticado que le crecía un fibroma. Por lo menos ya no estaba tan asustada, pues un fibroma se resolvería con tal cirugía. No confiada del todo en ese diagnóstico final. Estaba confundida, ya que otros no aseguraban que fuera eso.

Unos días antes, Margot sintió una corazonada que la aconsejó en contra de la cirugía, antes de hablar con una comadre del campo donde vivía; pues en los días de ajetreos, al acostarse preocupada pensando en lo que sería de su condición, se había soñado con ella. Y esa mañana, junto a la corazonada, se recordó del sueño que había tenido.

En las montañas, mientras Margot ayudaba un día de cosecha, escuchó unas de sus comadres decir que existían unos ciegos que, como dios le había quitado el derecho de ver lo que les rodeaba, le había dado *el don de luz divina*. Muchas veces acertaban con lo que les decían a las personas que llegaban ahí en busca de una predicción, respuesta a situaciones en sus vidas, salud, etc. Pero Margot era muy católica, no se atrevería nunca a visitar algo divino que no fuera la puerta de una iglesia. Ese comentario le había hecho creer que su comadre visitaba hechiceros y se negó a ir, el día que ella hasta le prometió que Agustín podía cambiar su temperamento si la acompañaba.

Hasta ese momento de desesperación se cuestionó Margot sobre ir a probar la luz de los ciegos: «*¿Si podían tener luz divina le salvarían la vida para no dejar huérfanos sus diez hijos?; ¿si no la poseían, moriría en esa cirugía y en el camino al infierno pediría perdón por haber desconfiado de Dios y acudir a hechiceros?; ¿Dios entendería su decisión?*». También creía en su misericordia; confió que por lo menos su alma no se perdería en el intento.

Sin pensarlo más o esperar una voz que bajara del cielo y le anunciará nada, puesto que no era la Virgen María, se dirigió donde su comadre que se había quedado viviendo en un área cercana a la presa donde no hubo necesidad de desalojo

—¡Comadre! –exclamó desde que la alcanzó ver.

Margot todavía sentía pavor del segundo resultado de su cuestionamiento: «*¿Qué surgiría después de consultar su vida con los ciegos?*». Pero ya estaba ahí. Sin un saludo afectuoso hacia su comadre, que era lo normal por los años que tenía sin verla. Más bien con la cara de preocupación y la sorprendente noticia de que quería acompañarla donde los tres ancianos que tanto le había recomendado.

—Me soñé con usted… Por eso estoy aquí.

—Cuénteme, cuénteme comadre.

          Elizabeth Valdez

—Estábamos recogiendo café, una cosecha como nunca antes había visto; las ramas estaban repletas, era como que una bendición había caído en las montañas… luego Agustín gritó que paráramos de recoger, que venía una tormenta… el cielo se puso negro de unas nubes que llegaban rápidamente oscureciendo todo, pero entonces usted se tiró de rodillas y desapareció la oscuridad. Llévame donde los ciegos, Carmela… ¿Aún viven?

—Sí comadre, no se preocupe, ellos aún siguen ahí… Sabía que en algún momento usted me acompañaría; creo que esta vez fue el mismo Dios que la mando.

—¿Podemos ir ahora?

—No, tenemos que esperar a mañana bien temprano para ser de las primeras.

—Mañana bien temprano tengo que llegar al hospital: me van a operar comadre

—¡Qué…!

—Sí, y lo grave es que no estoy segura de que sea de un fibroma, que es lo que dicen los doctores.

—No comadre, no lo hará… no se va a operar hasta que no vayamos donde ellos. Confíe en Dios.

—Sí, y en la virgen —complementó Margot.

A la mañana siguiente, Margot y su comadre fueron. Todavía la neblina oscurecía el entorno cuando ya estaban esperando el turno para entrar. Pasaron unos cuantos largos minutos, hasta que salió uno de los ciegos.

—Pueden pasar.

—Pase Margot –la estimuló su comadre.

—Ok, si quiere entre conmigo.

—No, entre usted.

Dentro, Margot observó todo a su alrededor, buscando algo que los identifique como hechiceros, todavía asustada.

—No se preocupe, aquí solo trabajamos con ese vaso de agua y la gracia de Dios –le dijo el ciego como si ya le hubiese leído el pensamiento–. No sé a qué vino, porque usted no tiene nada… Su embarazo está muy bien.

—¡Jesús sacramentado! –exclamó Margot, sintiendo el primer movimiento de su criatura–. Entonces, sí vine a algo… Gracias a Dios, mi comadre y ustedes, se salvará este niño —pero no comentó lo de la cirugía de ese día.

—Es una niña –le aclaró sonriente otro de los ciegos.

—Para cuando nos vuelvas a necesitar, ya que por ella estarás en una desesperación más grave que esta, no estaremos aquí, pero tendrás a quien acudir y esa no te dejará sola en tu desesperación –le predijo el tercero hablando por primera vez.

Cinco meses después de ese episodio… nací yo. Esa noche, en que el cielo se iluminaba de fuegos artificiales, sonaban los cañonazos; las personas se felicitaban y brindaban por un nuevo año… Margot se encontraba en el hospital, recibiendo en sus brazos su nueva hija y un año nuevo.

Érase una vez once

Que nací entre cañonazos decía mi madre, a lo mejor por eso soy tan fuerte, pues con todo lo que me ha pasado: sigo aquí. Si a los cuatro meses de estar en su vientre no lanzo una patada, me hacen pedazos en una cirugía. Para esa fecha yo era, para la opinión médica, un fibroma o un no sé qué. Pero ella dice que por unos ciegos me salvé.

Nací en una familia de once hermanos; donde la violencia doméstica y maltratos infantiles eran algo normal. Lo vivía a diario. Todas mis hermanas seguían su curso en la vida: trabajaban, estudiaban y ayudaban a mamá en los quehaceres de la casa y yo, tan inocente e ingenua, ni notaba la situación. En esa etapa de mi niñez no podía entenderlo ni me afectaba conscientemente. Solo estaba pendiente en jugar, después de llegar de la escuela.

Al llegar a la edad de nueve años, noté que algo andaba mal y que lo que creí normal, no era así, ya que empecé a sufrir los maltratos, ofensas, desigualdad y pocos derechos de ni siquiera expresar lo que yo o mis hermanas queríamos.

Mis hermanos gozaban de una independencia semejante a la de papá, aunque tenían que trabajar bien duro desde muy temprana edad. Mamá siempre nos dijo que eran cuatro, si bien en toda mi niñez solo conocí a tres. Un día le pregunté por mi cuarto hermano y me dijo algo que todavía me duele: me contó que ese solo era de ella; que quien la embarazó nunca se hizo responsable y que un día abuela lo arrancó de sus brazos y se lo llevó a ese que abusó de ella para reclamarle. Me dijo que cuando eso pasó, todavía lactaba; que cuando sus senos se llenaban de leche y le corría por la blusa, el dolor que sentía de no ver esa carita chupando sus pezones era tan, pero tan fuerte, que hubiera sido menor el dolor de cortarlos, como un día intentó, ya que abuela jamás regresó con el bebé.

Ya entrada en mi adolescencia, continuaba observando y sufriendo todo en silencio. Pero por dentro algo me gritaba: *«La vida no tiene que ser así»*. Mi madre, una gran mujer, creció bajo las leyes cristianas, con toda la humildad de un mundo donde los derechos de la mujer eran cero. En ese tiempo, eran obedecer al hombre y nada más. No podía hacer nada para defendernos por que ella también era la primera víctima de violencia. Siempre nos decía que ese era nuestro padre y había que obedecerle y hacer lo que él decía, aunque no tuviera la razón. Así nos criaron y así vivíamos bajo ese criterio erróneo.

Al pasar de los años, mis hermanas comenzaron a casarse y a marcharse de la casa. Yo cada día quedaba menos protegida, porque eran mi refugio, mi apoyo, mi escape, ya que como era su hermanita más pequeña, todas me consentían. Los daños y maltratos eran menos dolorosos con su estar ahí. Pero cada año llegaba otro Don Juan y las bodas se hacían más frecuentes entre mis seis hermanas. Entre brindis y lujosos trajes, la muchedumbre celebraba una boda más de la familia. Ese día se conocían la mayoría de la familia del novio porque siempre eran de la ciudad o de algún lugar lejos.

Del barrio papá nunca los acepto. Decía que no servían, ni sus familias tampoco. Pero sí podía ir como invitado el barrio

                                    Elizabeth Valdez

entero. Papá se ponía feliz cuando se casaba una de ellas y siempre compraba muchas cervezas para esos días. Muy temprano en la mañana llegaban unos bloques enormes de hielo, lo picaban y distribuían en barriles de plásticos. También le hachaban paja de arroz: ahí enfriaban las cervezas. Pero era solo para los adultos. Yo nunca me tomé una, aunque moría por probarlas porque a todos les gustaba. En todo caso, el centro de atención no era ni siquiera los novios, era un gigantesco pastel que siempre colocaban al fondo de la pared de la sala, al lado del cual todos querían ponerse para tirarse una foto.

Y yo, triste, solo contemplaba la despedida de otra hermana. Veía como cada día quedaba más sola y desprotegida, pues aunque al final me quedara mi madre, ella solo obedecería, como siempre, las órdenes de mi padre, guiándome a ser lo mismo que ella, lo que significaba vivir bajo el régimen de un machismo destructivo tanto para ella como para mí. Pero yo era una niña que pensaba diferente y tenía mi personalidad; siempre deseando que la vida fuera distinta para nosotras. Pero que va, cada vez que ideaba cosas para doblegar a papá, era inútil. Mi obediencia hacia mi padre fue muy bien inculcada por mi madre. Ser sumisa era el camino más fácil, el más conveniente. Ya que mi papá no era nada fácil; ¿qué niña le haría cambiar su forma de ser?

Nací en un barrio de un pueblito que aún siendo tan pequeño, me deslumbraba como el más hermoso y completo de todos. Quedaba cerca del hospital, al lado de un *play*, a un kilómetro de esa antigua iglesia, cuyo campanario era nuestro reloj despertador, a unos pocos metros de la escuela y a solo cuatro cuadras de una silenciosa biblioteca que quedaba en el ayuntamiento, la cual visitábamos todas las tardes mis amigas y yo para leer divertidos cuentos mágicos.

El barrio también tenía un río donde podía bañarme con tan solo dar unos pasos de casa; un enorme bosque donde todos podíamos jugar, treparnos en sus gigantescos árboles; barrancones donde teníamos la diversión de resbaladizos sin tener que ir a los parques, esos eran mucho más divertidos. A los árboles les colgaban gruesas raíces que nos permitían muy bien hacer el papel de Tarzan. Casi todas las tardes mis amigas podían ir. Yo también lo hacía, pero solo cuando papá se encontraba trabajando en sus tierras y me le podía escapar a mi madre que, desde que se daba cuenta, me mandaba a buscar con uno de mis hermanos y me daba un par de tirones de oreja. Pero con todo lo que me divertía valía la pena aguantar el calentón y dolor que sentía mi oreja. Ella decía que era peligroso, que podía caerme de algún árbol o picarme algún pájaro, pero nunca pasó nada que no fuera divertirnos y reírnos mucho en ese bosque llamado: *La joya de Margaro*.

El barrio solo tenía un problema: no llegaba agua. Las tuberías disponibles parece que el ayuntamiento se le había olvidado conectarlas al tanque de agua del acueducto. Creo que mis largos brazos se los debo a cuatro galones que cargaba día a día. En realidad no me acuerdo de las idas y venidas que daba con ellos a lo largo de un tramo bastante alejado. Pero era necesario buscarla. El agua del río nos servía para bañar y lavar; aunque no para tomar y cocinar, según nos decía mamá.

   Elizabeth Valdez

Cosechando un pasado

Algunas tardes mamá me llevaba con ella a ayudar a papá. Él sembraba de todo.

Un año todas las tierras estaban sembradas de tabaco. Las tierras quedaban cerca del río Yuna, como a cinco kilómetros de nuestra casa. En realidad, no sabía cómo mamá podía caminar tanto y cómo me obligaba a mí, porque yo sí que me quejaba. Bueno, a veces me iba con gusto porque me decía que luego de terminar, nos podíamos bañar en el río y ahí sí que iba sin quejarme.

Después de amarrar el tabaco mis manos terminaban ennegrecidas y tan amargas, que no podía comer ni un bocado, sin que no sintiera el sabor repelente de esas valiosas hojas. Luego se colgaban como guirnaldas para secarlas.

Me emocionaba contemplar aquellas *seltas* de tabaco; me encantaba como cambiaba el verde al secarse día tras día. Amarillas, doradas y luego marrón oscuro, así variaban sus colores en el proceso de sequía. Una *selta* podía ostentar los tres tonos.

Que recuerde nunca me pagaron por mis trabajos. Era mi obligación ayudar a mis padres, claro, pero un día reclamé mi sueldo. Se acercaban mis doce y quería ropa nueva y celebrar mi cumpleaños. Papá mandó a la ciudad a comprarme unas telas para hacerme dos lindos conjuntos. Recuerdo sus colores: uno azul con amarillo y otro rosado. Ese fue mi pago. Aunque no me dieron ni uno para celebrar mi cumpleaños, estaba feliz, además tenían un toque especial entre sus costuras, mi hermana me lo había elaborado. Ella cocía precioso y con eso pagaba sus estudios de medicina en la ciudad y cada vez que ella duraba mucho para regresar a casa, me los ponía, me miraba al espejo y me la imaginaba detrás de mí. Me ofrecían un lindo recuerdo de ella y así la sentía cerquita. Era como una segunda madre para mí, siempre estaba pendiente de todas mis cosas.

En una tarde que el sol calentaba más que en otras ocasiones, contemplaba emocionada las guirnaldas de tabaco desde la hamaca que mi padre me había regalado para mi tiempo de descanso. Fabricada por él con dos sacos unidos, cocidos con un fuerte hilo de nailon y unas cuantas sogas que colgaban de una esquina a otra de la enramada que se encontraba al final de las tierras. Me balanceaba y recuerdo que le dije a mamá:

—Mamá, cuando sea grande tendré mi propio negocio y te prometo que ayudaré a que pongas una gran producción de tabaco o, si me va bien en la mía, los mantendré y no tendrás que pasar los días bajo este sol tan caliente que seca hasta tus lágrimas, ya verás como todo cambiará para ustedes… Estoy estudiando para eso.

—Mi niña, está bien que pienses así, pero para eso hay que tener dinero y esto solo nos alcanza para lo básico.

—Bueno mamá, yo trabajaré y estudiaré… Ya verás.

Papá, un poco incómodo, interrumpió la conversación.

—Si Ela, pero todo no es como uno lo sueña. Hoy mis tierras están convertidas en agua y ya ves donde estamos, en unas tierras que no son mías… tengo que pagar por sembrar aquí. Solo pide a Dios vida y salud y aprende a vivir con lo que tenemos, del mañana solo sabe Él. Trabaja fuerte aquí mejor, Ela… y ya ¡párate de ahí

                                        Elizabeth Valdez

rápido!, no has rendido el día por estar pensando en tener quién sabe qué… Sigan amarrando, que queda mucho trabajo para hoy.

—Ok papá… Mamá, veo a papá cada día más violento con nosotras; no ha aceptado que ya todo se quedó atrás.

—Ela, no es fácil. Fue un choque para él perder las tierras de esa manera… con esa burla, eso lo dejó frustrado… Y más que él siempre se creyó un súper hombre; al menos no se paró de trabajar, eso es lo que importa.

—Sí, pero mira como nos habla; nosotras nos fajamos duro a trabajar, si al menos nos tratara con amor y olvidara que todo se lo llevó aquel río.

—¿Qué río?

—Él me dijo que hubo una creciente cuando trabajaba sus tierras; que yo aún no había nacido; que comenzó a llover mucho y que aquella lluvia no paraba. El río creció y él corrió hacía la montaña más alta para que la corriente no se lo llevara; hasta que se cubrió todo de agua y ya nunca más las volvió a ver.

—¡Ahhh…! Sí Ela, no sabía que tu padre te había contado esa historia… Así fue hija, pero violento siempre ha sido, eso lo puso un poquito más –y entre dientes me susurró–, nada, callemos que ahí vuelve… luego te cuento sobre lo difícil de su niñez y lo entenderás mejor.

—No mamá, cuéntame ahora, ¿para qué esperar?… Ya se alejó otra vez.

—No puedes negar tu padre: son iguales de impacientes. Ven… acércate y te cuento:

»Su padre murió cuanto tan solo tenía tu edad, en 1946. «*¿Qué tienes mamá?*», preguntó Agustín. «*¿Por qué lloras?, dime*», insistió. «*Iré a buscar a papá*», le dijo al ver que no respondía. «*¡No!... Se ha ido… se ha ido lejos*». «*¿Dónde… a dónde fue?*». «*Al cielo, Agustín*». «*¡Noooo!... Estás mintiendo*».

»Agustín comenzó a llorar desesperado y salió a correr. Su madre lo alcanzó y empezó a contarle lo que creyó que era lo mejor decirle: *«Agustín, escúchame, tu padre se ahogó en el río, no quiero que hables esto con nadie, solo estaremos tú y yo para salir adelante con tus hermanos… ten valor y ya no llores; eres un hombre».*

»Agustín no sabía qué era ser un hombre, porque no sabía aún lo que era ser un niño; el primer juguete que conoció fue un machete para trabajar con su madre.

Mamá interrumpió su relato por un momento con el pensamiento perdido, entonces le moví las manos y le dije que continuara.

—Sí Ela, él era el mayor, junto a su madre tuvo que hacerse cargo de sus otros cuatro hermanitos. Regalaron una de sus hermanas y él quedó destrozado. Creo que nunca más la volvió a ver; era la que más quería y con la que más compartía… se llevaban un año de edad. Siempre me hablaba de ella cuando nos conocimos; quería volver a verla. Entonces trabajaba duro como burro para que el sustento fuera suficiente y no regalaran otro de sus hermanos. Las tierras era lo único que tenían para trabajarlas y hacer con que comer. En ellas aprendió todo lo que sabe de agricultura… lo aprendió con su madre, que nunca le dio la oportunidad de ir a la escuela. Todo el tiempo tenía que trabajar.

»Luego, a sus dieciséis, su padre apareció como por arte de magia… Su madre le había ocultado la verdad: la realidad era que los había abandonado por otra mujer. Agustín se llenó de rabia y odio hacía su padre. Aquel abusador lo había abandonado y, al volverlo a ver, solo pensaba en todo lo que tuvo que luchar para sostener sus hermanos… y la pérdida de su hermana, que era lo que más le reclamaba.

                    Elizabeth Valdez

»Ves que triste Ela… muchas veces he querido mirar atrás y dejarlo solo por sus rabietas, pero sería cruel; además, no quisiera perder ninguno de mis hijos por una separación.

—Ok mamá, entiendo… Pero no tienes que pagar las consecuencias de las fallas de los demás.

—En el fondo tu padre no es tan malo Ela, la vida es que ha sido dura con él.

Su primer amor

Al barrio llegó una familia nueva y quería saber de quiénes se trataban. Casi siempre que alguien se mudaba llegaban niños o niñas, que de inmediato lo hacía parte de mi lista de amigos. Aunque no era común que se mudarán, ya que casi todos los que vivían en la cuadra del barrio, eran propietarios. De alquiler solo había dos casas, y era obvio que nos enteráramos. Un día antes habían limpiado una de ellas y ya tenía la curiosidad.

Un día después mamá y yo nos dirigíamos a la iglesia. Ya era hora de irnos y, saliendo de casa, ya estando en medio de la calle porque no había aceras para caminar, tuvimos que hacernos a un lado para darle paso al camión rojo que casi de inmediato se detuvo. Seguimos caminando y no dejé de mirar hacía atrás. Vi que empezaron a bajar los muebles y solté su mano dando un paso atrás.

—Mamá, hoy no quiero ir, ¿me puedo quedar?

—No Ela, ¡vámonos ya!

—Pero mamá… Por favor… –un apretón de mano fue suficiente para no seguir insistiéndole.

La misa no había empezado aún, y ya mis oraciones eran para que se terminara rápido, pero no fue así… ¡Qué misa más larga! Me dio tiempo a aprenderme las estaciones de la cruz, y cómo Jesús se cayó unas cuantas veces, sin dejar de mirar una y otra vez por todo el rededor de la iglesia. También empecé a contar las luces de sus enormes lámparas aunque siempre perdía la cuenta. Nunca se me había ocurrido tal cosa. Y bueno, me di cuenta que ya se estaba acabando cuando sentí el apretón de *la paz sea contigo* que me dio mi madre. Luego hicimos la fila para la comunión y en unos minutos más, por fin el padre nos repartió la bendición a todos.

Regresando a casa me encontré con Kirsy mirando la mudanza. Kirsy era una niña de pelo castaño claro, muy simpática y un rostro exótico. Su casa y la mía solo la dividía otra. Mamá continuó a la nuestra y yo me quedé con ella. Pero con el consentimiento de mamá.

—Hola Kirsy, ya viste, tendremos amigas nuevas.

—Hola. No… son chicos, al parecer solo son ellos dos.

—¡Ahh! Yo que creí que podíamos tener otra amiga.

—Bueno, yo no tengo problema en tener a niños como amigos.

—Yo tampoco, Kirsy, pero no es eso… es que es más fácil; tú sabes que a papá no le gusta que juguemos con niños cuando son nuevos en el barrio.

—Sí, pero ahora no está aquí, ven vamos a acercarnos.

—Aquel se ve tan lindo Kirsy, mira.

—Sí, vamos ¡háblale!

—No, salúdalo tú.

—Vamos Ela, di algo.

Discutimos quien hablaría primero y, aunque Kirsy era más atrevida que yo, me tocó romper el hielo a mí.

—Hola… bienvenido aaa… al barrio, mira… vivo ahí.

—Oh, que cerca. ¿Y cómo te llamas?

—Ela… Ela María, pero me puedes decir solo Ela, y tú ¿cómo te llamas?

     Elizabeth Valdez

—Esteban.

—Mira, esta es mi amiga Kirsy.

—Hola Kirsy… el que está bajando la silla, es mi hermano Jorge.

—¡Esteban! –voceó un señor moreno, que también bajaba cosas del camión.

—¡Ahhh…! ¿Es tu padre? –le pregunté.

—Bueno, me tengo que ir a ayudar… adiós… y no, no lo es, es mi padrastro.

—¡Ahhh!, ok… adiós Esteban.

—¿Padrastro? –le pregunté despistada a Kirsy–. ¿Qué querrá decir?

—Es cuando te crías con otro hombre que no es tu verdadero papá.

—¡Ohhh!, nunca lo había escuchado.

—Yo si, porque mis primas en New York viven con uno de esos padrastros.

—¡Ahhh…!

—Que te parece si más tarde reunimos a todos y jugamos a las escondidas o algo… es para que puedan ser parte del grupo; yo me encargaré de invitarlos.

—Me adivinas el pensamiento, Kirsy… además, tenemos mucho que no jugamos, hay que aprovechar que papá no está, salió desde ayer… mamá cree que viene mañana.

Esteban y yo desde que nos conocimos supimos que fue amor a primera vista, solo nos mirábamos y sonreíamos, nuestra timidez no permitía más de ahí; éramos solo dos niños llegando a la adolescencia.

Esteban era hermoso, de piel muy clara y su cabello color rubio dorado; delgado, muy tierno y amigable. Le encantaban los videojuegos; creo que fue el primero en tener uno en nuestro barrio.

Nosotros no conocíamos ese moderno entretenimiento. Jugábamos en la calle: trúcamelo, la botellita, las escondidas. ¡Qué divertido era en esos años! Pero ya Esteban nos invitaba a su casa y podíamos ver cómo esos muñequitos podían hacer más que nosotros en una pequeña pantalla de televisión.

Él se mudó al inicio de un verano de clases, ambos teníamos doce años. Por ahí todos crecimos juntos, como hermanos. Él llegó como un extraño al círculo de amigos que éramos súper unidos y pasábamos las tardes juntos, pero su amabilidad hizo que todos lo integraran rápido al grupo. Yo lo vi desde el primer día como algo más. En la despedida de soltera de una de mis hermanas, Esteban me pidió que fuera su novia.

Hacía unos días que se había pintado todo en casa: las paredes que solo llegaban a la mitad de la misma, de rosado, y el resto de tablas que llegaban hasta el techo de zinc, de color azul cielo; los ventanales en blanco; el comedor, cuatro mecedoras que eran mis favoritas y dos butacas de la galería, siempre del mismo color caoba. Todavía molestaba un poco el olor. Yo adivinaba, como todo el mundo, que Mercy pronto se casaría, porque solo quedaba ella. Cuando se acercaba una boda lo primero que se hacía era pintar y había llegado el día de la despedida. Todo estaba listo para la fiesta, unas bandejas de sándwich y una piña que siempre decoraban con jamón y queso —cortados en dados y rodeada de unas galletitas llamadas picnic—, esperaban ser devoradas después de varias horas. Bueno, exactamente la repartían más o menos cuando querían que los invitados fueran marchándose, ya que siempre se susurraba: *ya vamos a dar el brindis para terminar.*

Un cóctel de frutas que habían emborrachado desde temprano reposaba en espera de ser servido, desde que el agotamiento del

                    Elizabeth Valdez

baile empezara a dar sed. Ya la música motivaba a los invitados a bailar, y el que no tenía pareja hasta solo movía el cuerpo según el ritmo de la canción. Yo esperaba entusiasmada a que Esteban llegara, y bueno, no tuve que esperar mucho.

—Hola Esteban, me alegra que hayas venido.

—Sí, te lo prometí, sabes que no dejaría de venir… ¿Bailamos?

—Claro.

Bailamos tres canciones muy rítmicas una tras otra. Me pidió que fuera su novia. Me puse tan nerviosa que no volví a bailar más. Pero claro, le dije que si. Lo que más me gustaba de él era su contagiosa sonrisa y sus labios color rosa. Cuando Esteban me pidió que fuera su novia en pleno baile, los nervios me hicieron perder el ritmo y lo pisé, me dio una enorme vergüenza. Disfrutamos cada ocasión que nos tocaba estar cerca.

Con solo mirarnos ya nos sentíamos amándonos. Se sentaba en su galería y yo en la mía y los flechazos de cupido nos provocaban sonrojos. Le encantaba la música; era como un Dj entre nosotros. Sacaba las bocinas al frente de su casa y ponía música para todo el barrio; cuando me veía cerca repetía una y otra vez una canción que me dejaba claro que estaba dedicada a mí.

Un día nos llevaron a conocer el Jardín Botánico en una excursión de la escuela. Fue hermoso mirar todas esas flores y árboles y conocer sobre ellos al lado de Esteban. Fue una experiencia maravillosa. Quería correr a su lado; escaparme entre el verdor y salteados colores y poder besarnos; resbalarnos en sus gramas inclinadas. Los ojos de papá se habían quedado en casa, pero los de mi hermana Mercy, nos vigilaban a cada instante. Fuimos felices hasta que llegó el inoportuno día de su partida.

Ese día amaneció muy nublado y comenzó a llover fuertemente, justo cuando era hora de irme a la escuela. No asistimos a clases y perdimos con ello la excusa para vernos y despedirnos.

Era el único lugar donde lo podía ver y hablar íntimamente sin que papá se diera cuenta. ¡Qué triste!, sentía que el cielo lloraba conmigo la despedida de Esteban.

Paseaba de arriba abajo en la terraza de la casa. «*¿Cómo me voy a despedir de él?*», pensaba, mientras tocaba mi cabello continuamente; me enrollaba un mechón y me lo desenrollaba. Al menos quería darle un fuerte abrazo, decirle que lo amaba y desearle que le fuera bien. Sabía que por mucho tiempo no volvería a saber de él. Los minutos de espera para salir y al fin verlo me desesperaban. Cuanto me dolía su partida; la agonía de no saber cuando lo volvería a ver.

La lluvia dejó de caer y el cielo se decoró con un hermoso arcoíris. Sentí su magia, así que le pedí un deseo. Funcionó. No tardó mucho antes de que escuchara mi nombre.

—Ela, te buscan –anunció mi madre. Era Pedro Pablo; enseguida salí de mi habitación.

—Dime Pedro Pablo, ¿fuiste a clases?

—Sí, te traje las tareas de hoy para que copies y estés al día. El jueves tenemos examen de álgebra.

—Ok, gracias.

Algo me dijo que Pedro Pablo quería algo más, porque la que iba a su casa para ponerse al día siempre era yo. También a que me explicara algunas ecuaciones; era el mejor explicando esos números ligados con letras, que llenaban casi media hoja. Para Pedro Pablo era como un juego resolverlos. Y bueno, adiviné; él tenía otra cosa que decirme:

—Te la dejo y la paso a recoger más tarde, Ela; copia rápido que yo también tengo que estudiar algo de ahí.

Papá estaba al tanto de la conversación, pero ya Pedro Pablo me había guiñado un ojo y me enseñó la hoja de donde tenía que copiar, que decía:

«*Ela, quiero verte. Mañana me iré temprano y no puedo estar tranquilo hasta que no me despida de ti. Sal esta noche a las 8:00 al patio de tu casa. Te veo bajo el naranjo.*

Atte.: Esteban.»

Mi corazón se aceleró; el susto y la alegría se mezclaron en mí.

—Ok, ya entendí… no es tanto –le dije muerta de miedo–. Lo copiaré todo, vuelve en una hora.

Lo que quería que copiara rápido era la respuesta a Esteban que también estaba desesperado. Pero en el momento no lo entendí. Me puse muy nerviosa al ver que los ojos de mi padre me estaban observando. No le dije ninguna respuesta hasta que volvió por su cuaderno.

Pedro Pablo era un joven delgado, de piel morena y con un intelecto envidiable. Súper servicial. Vivía a unas calles de mi casa. Estábamos en la misma aula de clases y cuando yo no entendía algo de álgebra, acudía a él. La explicaba mejor que el profesor; me agradaba su compañía y lo que más nos unía era que era el mejor amigo de Esteban.

La noche estaba oscura y fría. Ya eran las 8:15 y aún no salía. Temía que mi padre en cualquier momento se diera cuenta y saliera a buscarme. Pero por nada dejaría de despedirme de Esteban; prefería que me castigara y no esperé un segundo más. Ahí estaba, como un ángel blanco en medio de la noche:

—Esteban, abrázame fuerte… déjame sentir que no te olvidarás de lo que vivimos –le dije y nos abrazamos unos minutos mientras me acariciaba la espalda, haciendo desaparecer la piel de gallina que tenía debido al frío.

Luego, empezamos a besarnos y nuestros labios no querían despegarse; nunca habíamos experimentado algo semejante. Con solo juntar nuestros labios sentíamos que era suficiente. Después de besarnos ardientemente, fijó su mirada en la mía:

—Ela, no quiero irme y dejarte, pero sabes que es por mi futuro; que mi padre me mandó a buscar. Es difícil… mi hermano y yo dejaremos sola a nuestra madre, pero ella entiende que es por nuestro bien… Tendremos una mejor vida.

—Esteban, lo entiendo. Lo que no puedo entender es por qué me duele tanto que te vayas; por qué todos a los que quiero tienen que dejarme sola… y ahora tú… cuando pensé que siempre estarías a mi lado.

Él no dijo nada, solo siguió besándome locamente. Esa noche quiso hacerme sentir algo más y acarició mi pecho. Fue la primera vez que experimenté esa sensación en mis senos y empezamos a besarnos con otro deseo. Era como si hubiéramos comido la manzana en el Jardín del Edén. Pero lo que nos cubría era un frondoso naranjo. Sus besos sabían a ese rico fruto; hasta creo que en la espera se comió unos cuantos. Papá era delicado con aquella mata… De pronto se escuchó su voz:

—Ela… ¿Estás ahí?

Salí corriendo.

—Si papá, aquí estoy… Salí a recoger unas hojas de limoncillo y naranjo para un té… No me siento bien, papá.

—¿Y dónde están esas hojas?

—¡Ahhhh…! Es que acabo de salir a buscarlas.

—Está bien… entra, yo las busco.

Papá se creyó la mentira, pero me moría del susto. Cuando lo vi caminar sigilosamente en la dirección donde me encontraba con Esteban, me mataba la duda por saber si pudo ver o no a Esteban escondido, o si este tuvo tiempo de salir corriendo mientras le contaba la mentira de las hojas para el té. Había dejado a mi amiga Joe vigilando la puerta de la cocina, única salida al patio,

                                        Elizabeth Valdez

para que nos avisara si alguien venía. Al parecer no le dio tiempo; papá se apareció rápido, dijo ella. Al otro día ya no lo volví a ver. Salieron muy temprano para el aeropuerto.

Papá me sorprendió aquella triste y a la vez emocionante noche que, aunque no pude decirle que lo amaba, ni desearle buen viaje, sí pude abrazarlo y besarlo; y sentir una sensación increíble cuando me besó un poco más abajo de mi cuello y sus caricias fueron más allá que un simple beso.

Un mes había transcurrido desde su partida y las primeras cartas llegaron a su madre. La alegría de saber de sus hijos no se la guardó para si. Todos sus amigos y yo nos enteramos de que estaban muy bien en los Estados Unidos. Su mamá era muy adorable, todos la queríamos y llenábamos un poquito el vacío que sus hijos dejaron. Ellos también mandaron fotos: ahí estaba Esteban en otro clima. Lucía un abrigo enorme, parecía XXXL. Me causó mucha risa, porque Esteban era súper delgado. Su madre, muy emocionada, comenzó a leer sus cartas:

«Mamá te extrañamos mucho y estamos bien. Ya iniciamos el colegio. Aquí está un poco frío...». Yo me quedaba cerca de ella, muy atenta a que terminara de leer, a ver si mencionaba mi nombre. Pero en ninguna me enviaba a dar ni un saludo. Entonces, esperaba la siguiente para ver si lo hacía. Pasaron los días y llegaron otras cartas. Veía sus fotos y me llenaba de alegría verlo, pero también de tristeza, porque no mandaba ninguna dedicada para mí; ni el saludo que esperaba. En una de las fotos, vi que mi nombre casualmente estaba en una pared de ladrillos rojos que le quedaba detrás, estaba escrito en forma de *graffiti*. Me emocioné. Creí que estaba dedicada para mí al reverso, pero no fue así. Aluciné que fuera alguna señal de que me tenía presente. No podía estar segura de eso hasta que me enviara un saludo o alguna foto. Claro, a nuestros catorce años era obvio que tuviéramos el miedo

de hablar de lo que sentíamos abiertamente con nuestros padres, por lo que seguían llegando aquellas cartas. Pero ya no volví a interesarme por ellas; no quería sentir ese amargo dolor de esperar por lo que no me mandaba: un simple saludo; y salir con un vacío en mi corazón cada vez que llegaban. Se me quitó el deseo de ir y escuchar su lectura. Ya ni me enteraba de cuando llegaban, aunque cada vez que hablaba con su madre le preguntaba como estaba él y Jorge, que era mi mejor amigo.

Al cumplir mis quince, mi numerosa familia se había reducido a mamá, papá y yo. Los Don Juanes se habían llevado todas mis hermanas. Me quedó soportar a mi sola el trauma de la violencia de papá. Nada podía hacer, solo estudiar y prepararme; luego ver qué me tenía la vida y ver si la última boda celebrada me sacaría de aquel nido; donde recuerdo que nunca hallé amor cuando lo busqué en mi madre: cada vez que me arrullaba en su tierno abrazo siempre veía la angustia a través de sus ojos. ¿Y para qué buscarlo en mi padre?, si con su comportamiento y actitudes me dejaba claro que no sabía nada sobre eso. ¿Y el de Esteban?: un diminuto pájaro en el cielo que en las noches le parpadeaban luces en sus alas, llamado avión, se lo había llevado lejos, separándolo de mí.

Así me acostumbré a vivir: sin sentido de un hogar feliz; abrumada por las rabietas de papá; por la infelicidad que sentía mamá por sus maltratos; mientras el único que me hacía olvidarlo todo con tan solo un beso, se había marchado. Era doloroso y frustrante no poder hacer nada, solo esperaba que algún día mi presente cambiara. Siempre quise hacer algo para ayudar a mamá, pero, al mismo tiempo, pensaba que ella era lo suficientemente adulta para, si quería salir de esa situación, no tener que contar con mi inexperta ayuda.

                                      Elizabeth Valdez

Embarazo en la adolescencia

Carlos llegó a mi vida cuando yo me sentía totalmente en un desierto, sin saber si lo quería y queriendo lo que no podía tener conmigo. Era un joven encantador y muy atractivo. Nos conocimos en la secundaria; su aula de clases quedaba justo al lado de la mía. Cada vez que sonaba el timbre del receso, ahí estaba parado en el pasillo, coqueteando con todas las chicas. La verdad, yo ignoraba que se fijaba en mí, tenía tantas admiradoras que se derretían por estar con él, que creí que no me tomaría en cuenta.

Yo lo miraba y me reía. Es que se creía el Luis Miguel de todas. Además, era muy atrevido: asistía a clases con una camisa de jeans que a lejos era notorio que no era de uniforme. Algunos profesores lo pasaban por alto y otros no, y así un día que lo sacaron de clases empezamos a interactuar. Salí al baño y él estaba solo en el pasillo, pensativo. Seguí caminando y escuché sus pasos siguiéndome.

—¡Hey!... ¿A dónde vas tan rápido?

—Al baño. ¿Y tú qué buscas fuera de clases?

—Mi camisa no le gustó al profe.

—Claro, no es de uniforme –le dije.

—Sí, pero a veces tengo suerte y me aceptan, o si no traigo la del uni en la mochila… pero hoy se me quedó, a lo mejor para tu suerte de conocerme –dijo guiñando un ojo y estirando su mano.

—Hola. ¿Cómo te llamas preciosa?

—Ela. Y tú Carlos...

—¿Cómo lo sabías?

—Tu hermana Karla está en mi curso.

—¡Ahhh...! ¿Le preguntaste por mí? –me dijo, insinuando con gestos de galán y acomodando su abundante cabellera lacia.

—Claro que no, presumido, la escuché hablar de ti con su mejor amiga...

—¡Ahhh si!, Naerobi... estamos casi de novios... Pero eso ahora depende de ti.

Me dio con reírme y apresuré mi llegada al baño, antes de pasar por la vergüenza de que se me saliera la *pisss* de la risa, porque Carlos hablaba y hacía gestos cómicos para presumirse.

Luego de ese día me esperaba en el pasillo y de alguna manera buscaba llamar mi atención. La verdad no me dio la oportunidad de rechazarlo por mucho tiempo, tenía una capacidad enorme de conquista y a los poco meses comenzamos a salir. Su amor me llenaba. En esos días, papá estaba diferente. Lo observaba cantando y distraído, ya casi no peleaba y salía de casa más a menudo. Teníamos un teléfono residencial que cuando timbraba, él corría a responder las llamadas, eso no lo hacía anteriormente. Que extraño, me dije. Mis sospechas sobre aquel cambio me pusieron en alerta. Un día sonó el teléfono y me fui a coger la otra línea. De eso él no sabía nada, así que no cuidó lo que hablaba con aquella desconocida mujer y... ¡Sorpresa!: estaba sosteniendo un romance. Lo confirmé en esa conversación.

El descubrimiento me dio valor para hablarle de Carlos. Usando esa información decidí chantajearlo. Una tarde lo sorprendí muy distraído.

                    Elizabeth Valdez

—¡Papá!

—Dime, Ela.

—Quiero hablar contigo, siéntate. Tengo un enamorado, así como sé que tú también tienes una...

—¡Qué estás hablando!... No me faltes el respecto.

—¡No papá! Nunca lo he hecho y es por eso que te pido que me aceptes traerlo a casa. Sabes que contigo es difícil verse a escondidas... así que tú dirás. Además, ya cumplí mis dieciséis.

—Si pero es a los dieciocho que...

—Bueno, entonces hablaré con mamá.

—Ela, no me hagas pegarte.

—Solo le preguntaré que si ella lo aprueba, papá.

—¡Mira muchachita!... Tráelo aquí para hablar con él y cuidado con comentar de lo otro con nadie.

—Tan bello papá... claro que no. Aunque mamá no se merece eso... pero creo que tu cambio hasta la favorece. Nada papito, esta noche lo conocerás... es buena persona.

—Pero no es solo que sea buena persona, Ela... ¿Qué trabaja?

—Nada, estudia igual que yo.

Papá respiró profundo.

—Ela, la verdad eso no fue lo que yo imaginé para ti, pero ya veo que...

—¿Qué papá...?

No dijo más nada. Creo que puse a papá entre la espada y la pared esa vez y me lo aceptó. Entonces, la confianza, combinada con la poca importancia que ya me daba mi padre, hizo que cayera muy fácil. Ya sus ojos no estaban tan encima de mí. Su amante se había robado esa parte que papá me reservaba, y una tarde que fui a visitar a Carlos, que se sentía delicado de salud, empezó a acariciarme intensamente. Le dije que no estaba bien, que paráramos, pero continuó. Me dijo que me cuidaría, que no pasaría nada, que nadie tenía que saber que lo hacíamos, que era entre él y yo, pero un día todos se enteraron.

Eran las tres de la tarde. Una pequeña infección vaginal me había estado perturbando por cinco días y se lo conté a mamá que, de inmediato, me llevó al doctor. Yo no recordaba que aparte de eso tenía unos dos meses y algo sin menstruar. No la había echado de menos hasta que el ginecólogo me preguntó: *«¿Cuándo fue su última menstruación, señorita?»*. Fue entonces cuando, sin contestarle, giré la vista hacía donde estaba mamá y me di cuenta que ya todo estaba claro. Había recordado cuando fue la última vez, pero me daba pavor responder enfrente de ella que, por la expresión de su rostro, me dio a entender que no sospechaba nada. Cuantas veces me dijo que si salía embarazada mi padre nos mataría a las dos. Debió cambiar al menos su semblante… pero no, siguió en las nubes. Con esa amenaza creyó que yo nunca tendría sexo. Yo por mi parte, nunca pensé que la relación que ese día Carlos y yo sostuvimos, tendría alguna consecuencia. A lo mejor si me hubiera advertido que usara preservativos para no salir embarazada, hubiese buscado la manera de exigirle a Carlos que lo consiguiera en el momento en que se dio… O tal vez no. Pero lo que en ese momento me preocupaba, era responderle al doctor.

Solo me salió decir que no recordaba y él enseguida me mandó al baño a tomar unas muestras de orina. Todavía tenía la esperanza de que fuera un simple retraso menstrual; pero ya mi subconsciente y esa rara sensación de que el mundo se había acabado para mí, más lo que el doctor sospechaba, me aseguraban lo contrario. Las entregué con ese enorme peso sobre mis hombros.

El doctor en ningún momento me dijo «felicidades», al ver mi cara y la de mamá. El silencio nos separaba aunque estábamos

Elizabeth Valdez

una al lado de la otra; con caras de frustradas y pensamientos perdidos. Él ya sabía que se trabaja de una menor de edad que había metido la pata, como le susurró a mi madre, y que felicitarme sería ridículo. Entonces habló con ella. Salimos de ese cuarto en el cual fue la primera vez que me sentí verdaderamente sentenciada a muerte. Papá lo había prometido. Solo teníamos que llegar a casa para que todo aquello se ejecutara. Ella no me dijo nada en todo el camino, pero yo ya lo sabía. Por fin, justo dos cuadras antes de tener que mirarle los ojos a papá, me dijo:

—¿Acaso no lo sabías, Ela? Si no quieres que pase lo que siempre te advertí, tienes cuatro horas para recoger tus cosas y largarte de la casa.

Ahí mismo sentí que ella era la primera en darme el golpe de muerte. Mi mente quedó en blanco; nunca me imaginé que algún día tendría que salir así de mi casa, sin saber mi rumbo; sin un quinto de dinero y con un embarazo anunciado, que muy pronto comenzaría a desfigurar mi cuerpo tan delgado.

Unos pasos más allá, pero con la lentitud propia de una tortuga, volvió hablar. Ya solo faltaba una cuadra.

—Hablaré con ese muchacho para que pase por ti esta noche; tiene que hacerse responsable.

Esas palabras solo me calmaron un poco. Pero mientras seguíamos caminando, mi perturbación se hacía aún mayor. ¿Dónde me llevaría Carlos? Tampoco tenía otra casa que no fuera la de sus padres, y ya los míos me habían votado; con lo que dijo mamá no había que esperar el veredicto de papá. «*¿Y si sus padres le hacían lo mismo cuando nos apareciéramos ahí?*», me pregunté.

Llegaríamos un poco más tarde de las 8: 00 p.m. lo cual, según el cálculo que hice, me daría tiempo de recoger mis cosas, como ella me había dicho. *¿Dónde?, ¿dónde?...* Fue la palabra que más se repitió en mi mente durante esas tormentosas cuatro horas que me quedaban para salir de mi cuarto.

Mientras recogía comencé a llorar. Antes de eso solo me acompañaba el miedo y el sufrimiento. Pero entonces vi mis ropas, dándome cuenta que, en todo caso, no serviría de nada cargarlas, porque muy pronto mi pancita crecería, más y más; a mi cama, que tenía dieciséis años durmiendo conmigo… miré todo a mi alrededor y me di cuenta que extrañaría hasta las paredes. Fue ahí cuando salieron todas esas lágrimas que no sé donde estaban retenidas. De pronto ella entró y detuvo mi equipaje y mi llanto.

—Deja todo ahí –la escuché decir.

Por un instante pensé que ya había hablado con papá y mejor decidieron aceptarme; dejarme ahí por lo menos hasta terminar el bachiller y luego apoyarme a seguir con la universidad. Pero volví a la realidad; eso se veía solo en familias modernas, donde no había ese machismo erróneo que solo te lleva a vivir una vida llena de privaciones. Me dije que con el miedo que le tenía no se atrevería a decirle ninguna palabra de eso hasta que yo no estuviera bien lejos. Volví a escucharla.

—Es mejor que no te lleves nada o solo lo necesario, para que tu padre no vaya a sospecharlo. Al salir con esa mochila y esas bolsas cuando viene a ver te ve y no pienso decirle nada ahora; mañana te las envío con Joe… Y ya no llores más, debiste pensarlo muy bien antes de hacerlo… no hay vuelta atrás.

Sequé mis lágrimas y solo esperé que Carlos llegara. Perdí la noción del tiempo; no volví a mirar mi reloj en esos minutos u horas que faltaban para que pasara a recogerme. Llegó otra preocupación. Me pregunté: «*¿Cómo serían esas personas?; ¿cómo sería su trato conmigo?*».

Mi suegra a lo mejor era una malvada, como la mayoría de la gente o novelas describen esos seres, y yo que había terminado de

                    Elizabeth Valdez

ver a María Mercedes. Dios mío, en qué me había metido. La amenaza de papá cobró sentido para mí en ese momento; salvaje, claro, y muy brutal su solución: *si sales embarazada te mato.* Aunque nunca me habló de la existencia de un condón, comprendí que era mejor estar muerta que seguir sintiendo todo aquello junto dando vueltas en mi cabeza: presiones sociales, dificultades económicas, cargas emocionales… Todas llegaron a mí en solo unas horas.

Llegó Carlos y mamá buscó la forma de distraer a papá para que la salida fuera exitosa. Miré por la ventana y al frente estaban mis amigos, donde nos reuníamos casi toda las noches. Entonces, vino el momento de sentir la mayor vergüenza de mi vida: ¿qué dirían cuando me vieran? Concluí que lo sospecharían de inmediato. Papá nunca permitía que yo saliera de la casa después de las 8: 00 p.m., así que aquella escapada sería obvia. Adiviné su comentario: *«Se fue Ela con Carlos, ya salió embarazada».* Aunque quizás no les pasó ni por la mente.

Así continuaron sumándose más horribles emociones en mi cabeza. Creí que mi cerebro estallaría, pero no tuve más opciones Salí cabizbaja y, aunque me llamaron, no los miré. Carlos en su moto me esperaba normal, en ningún momento le vi cara de preocupado, o algo por el estilo. ¡Qué fácil fue para él lo que a mi me había causado un terremoto que no paró por cuatro horas!, y todavía estaba entre los escombros. Pero nada, era él, el único que había llegado a rescatarme. Me subí a su moto y partimos hacía su casa. Nos detuvimos unos minutos antes de llegar, me dijo:

—Ela, no te dejaré sola, aunque mis padres no me acepten, buscaremos la forma de sobrevivir.

Pero él no entendía nada. Para mi no se trataba solo de eso: y mis estudios, mi carrera, mi vida de adolescente, que aún no la había disfrutado por las restricciones de salidas de papá. No me pasaba por la mente casarme a esa edad, tampoco imaginé que fuera con él ni de esa manera. No dije nada. Me quedé callada, pero en mis adentros gritándole que lo aborrecía; que me había arruinado la vida; que me prometió que eso nunca sucedería. Le di una mirada que creo que lo adivinó todo, y ahí si lo noté con cara de tristeza. No continuó tratando de alentarme, sabía que con nada lo lograría. Así que optó por seguir hasta llegar a su casa, donde gracias a Dios me recibieron bien.

Mi suegra resultó ser un amor conmigo. Desde que entré al cuarto de Carlos me tiré a dormir, deseé que cuando amaneciera se tratará solo de un sueño. Pero no, muy temprano llegó Joe para despertarme a la realidad, con mis cosas en las manos y llorando, como si se le hubiese muerto alguien.

—¿Por qué lloras, Joe? –le pregunté, pero continuó llorando sin decir nada. No sé ni para qué le pregunté. Joe era mi mejor amiga, éramos inseparables, ahora eso cambiaría.

—Gracias por traerme mis cosas –le dije. Se marchó también sin hablar nada.

Pasaron los meses y mi panza empezó a crecer. En el liceo nadie lo supo hasta mi cuarto mes de embarazo. Caí de frente en la cancha, me fascinaba jugar voleibol, pero erré al querer atrapar una bola. Me asusté muchísimo y me fui a buscar auxilio a la dirección. Les conté para que me dieran atención médica. Me la brindaron, mi criatura estaba perfectamente bien. Quisieron cambiarme a la tanda de la noche para no ser mal ejemplo de las otras adolescentes cuando me vieran así. Enseguida les dije que si lo hacían jamás volvería a estudiar; que era mi último año y no era justo. Me mandaron a orientación y decidieron dejarme.

 Elizabeth Valdez

Cuando la figura de mi cintura dejaba de ser la misma, Esteban pasó por el frente de mi casa. Yo estaba en la galería, donde tantas veces pasamos diferentes emociones y nos habíamos intercambiado tantas miradas enamoradas, pero ese día hubiese preferido haber sido ciega, para evitarme la tristeza que reflejaron sus ojos.

Acababa de regresar de New York. Estaba igual de flaco. Andaba visitando a su mamá y yo con unos kilos de más visitando la mía. Ya mi barriguita se notaba bastante como para que él se diera cuenta de lo que había pasado. Después de mirarme de arriba abajo, bajó su cabeza. Noté su decepción; su rostro lo reflejó de inmediato. Ni siquiera me dijo un hola, al que yo tampoco creo que hubiese contestado. Sentí que mi voz se cortó en ese momento, y con ese silencio que no dice nada, pero que deja saber todo lo que se quiere expresar, lo vi alejarse poco a poco del frente de mi casa. Pasaron los meses y llegó la hora.

El día que nació Carlitos, mamá y papá estaban nerviosos y a la vez emocionados; se habían puesto de acuerdo para que yo, al salir de la clínica, me quedara esos días en casa. Todo lo que había pasado por mi mente el día que descubrí estar embarazada se volvió algo muy diferente al mirar sus ojos, todo aquel tormento se curó para mí. Que diferente fue esa sensación a la que sentí cuando me dijeron que había metido bien la pata. En ese momento, el doctor sí me dijo: «*¡Felicidades! Tiene usted un niño hermoso y muy saludable*». Parecía un peluche rosado, sus cabellos eran de color dorado. Me enamoré de él y lo único que quería era salir de la clínica para empezar a jugar con ese muñequito de carne y hueso. Tendría que aprender a hacer todo, aunque ya tenía poquitas experiencias aprendidas con mis sobrinos. A Carlos no quería ni verlo. Después de estar esos días de nuevo en casa ya no quería regresar con él. Pero tuve que hacerlo. No quería pasarme del tiempo que me permitieron quedarme.

Dos años fueron más que suficiente para saber que no podía continuar más al lado de Carlos. Me di cuenta que solo era una salida; que en realidad no lo amaba y que solo busqué refugio para llenar el vacío que sentía. Decidí hablar con él:

—Carlos, siento que no te amo y no quiero continuar con esto.

—Me coges de sorpresa… ¿Cómo así…?

—Sí, gracias por los momentos que compartimos y por apoyarme con Carlitos; por hacerte cargo de nosotros desde que mamá te llamó ese día, cuando creí que siendo tan joven no te harías responsable. Carlitos es lo único que nos mantendrá en contacto, adiós.

Carlos bajó su cabeza con la misma tristeza que lo hizo esa noche que trató de alentarme; cuando mi único sentimiento era que él había acabado con mi mundo.

—Yo te amo, Ela –me dijo con la voz a punto de quebrarse–. No te vayas —me suplicó.

Yo sentí un gran remordimiento, pero no pude quedarme.

—Fue una ilusión inocente, Carlos… perdóname, pero no me puedo engañar más ni a ti tampoco.

Partí con mi niño en brazos. Un niño que llegó a mi vida llenando mi corazón de alegría, pero también de tristeza porque mi juventud no era para enfrentarlo. Quería seguir estudiando, compartir con mis amigas, seguir viviendo mi adolescencia, pero ya no sería así.

  Elizabeth Valdez

La violencia y su color maldito

Empecé a trabajar y volví con mis padres, los cuales me aceptaron hasta que pudiera alquilar donde vivir sola con mi bebé. En tan solo unos días me llené de angustia y lloré mucho, pues no había cambiado nada el ambiente que había dejado. Aquella relación de mi padre había terminado y estaba peor. La violencia se sentía aún más fuerte que nunca. Papá, al terminar esa relación, se había amargado. Muchas veces, al llegar de mi trabajo, lo encontraba tirado; alcoholizado en algún rincón de la casa; y otras veces, atravesado en alguna puerta como para cuando alguien pasare, él despertarse o qué sé yo.

Mamá, pérdida entre lágrimas y oraciones; con su rosario apretado como si fuere su único refugio u hombro donde llorar. Carlitos en la cuna jugando con su oso de peluche y su camioncito de bomberos sin entender nada de lo que pasaba. Así me imaginaba yo de niña, que tampoco lo entendía a esa edad. Carlitos tan solo tenía dos años y quizás todavía no le afectaba. Pero yo, al cumplir mis nueve años, el daño de la violencia me llegó completo en un solo paquete; robándome la alegría mágica e inocente de la niñez.

Un día fue el más violento de todos. Era fin de semana y dos de mis hermanos llegaron de ayudar a papá en las tierras y empezaron a vestirse. Al parecer iban a una fiesta, porque cada vez que se ponían esa ropa, regresaban con un pedazo de pastel o comida variada de alguna boda o actividad de las que se celebraban en el club del *play*. Papá, desde que llegaron, no había dejado de discutir con mamá; y cuando ya ellos estaban en la puerta para irse, papá los devolvió de un solo tirón por los brazos, los llevó a la cocina, cerró la puerta, y empezó a darles tremenda paliza.

Los gritos me atormentaban y no paraba de llorar al verlos como sufrían de los golpes. De la razón de la paliza no me acuerdo, pero a mi entender creo que solo fue por puro desquite de las peleas con mamá.

De pronto los lanzaba a la pared como si fueran muñecos de trapo. Papá tenía una fuerza de gigante; aunque era de baja estatura, era increíble. Mamá me encontró llorando. No se había dado cuenta que yo observaba. La puerta estaba fabricada de tablones que dejaban ver la escena entre uno y otro. Al otro día, uno de mis hermanos se fue sin dejar rastros por muchos días. Yo veía la tristeza que eso le causó a mamá. Yo tragué en seco todo aquel dolor e impotencia de no saber qué hacer, qué decir ni en qué Dios o virgen creer. ¿Por qué si mamá oraba tanto tenía que vivir así?

Otro día llegué un poco más tarde de lo normal. Ya se había tomado toda una botella de ron Brugal y estaba tirado detrás de la puerta de la cocina. Llegué con el estómago pegado, no había comido casi nada en todo el día. Me dirigí sigilosamente a prepararme algo, porque no aguantaba más, de pronto, mamá interrumpió mis pasos.

—No entres, no quiero escucharlo más. Deja que se le pase el jumo.

—¿Qué pasó? ¿Qué te hizo, dime? –le pregunté después de ver que sus ojos estaban rojos de tanto llorar.

                                    Elizabeth Valdez

—Nada… no me hizo nada –susurró.

Se giró pidiéndome con señas que la siguiera a la habitación. Pero al hacerlo volví a ver ese horrible color morado oscuro; ese maldito color que cuando no era en un lado era en el otro; que desfiguraba la belleza de la blancura de su piel.

No la seguí, me devolví, agarré la botella, la levanté hasta donde mis brazos pudieron alcanzar la máxima altura, quería dejarla caer encima de su cabeza. Pero algo en mí desvaneció mi valor de darle aunque fuera un pellizco y me tiré a su lado a llorar como una tonta. Mamá fue y me levantó y me condujo a la habitación donde tenía mi comida, de la cual no pude comer un bocado. Yo solo quería buscar la manera de salir de ahí con Carlitos, pero también me daba mucha lástima dejar a mi madre en esa situación.

A una esquina de la casa construyeron un estadio de béisbol. En él se instaló una academia de peloteros. Los llamaban «Los Rockies». Todas mis amigas se afanaban por ir al estadio a ver los juegos. Siempre me invitaban, pero ahora tenían otra motivación.

—Ela, vamos al estadio… el partido de hoy va a estar muy interesante, además, han llegado unos prospectos que se están hospedando ahí y se pueden fijar en una de nosotras.

—Vamos, anímate –exhortó una de ellas.

—Te podemos ayudar con Carlitos –propuso otra.

—Ela, no te vas a arrepentir, están buenísimos y hay de diferentes países.

Les sonreí fingidamente y miré a mi pequeño, aunque teníamos las mismas edades, ya no me sentía de su grupo. Mi hijo me demandaba otros compromisos, si bien ellas no me discriminaban por eso y seguían incluyéndome en todas sus actividades.

—No, hoy estoy muy ocupada… vayan ustedes y disfruten, otro día me animo y las acompaño.

Aunque podía sacar algún tiempecito para acompañarlas, nunca lo hacía. No era fanática de ese deporte. Muy pequeña un pelotazo había marcado la distancia y sembrado el miedo a ir a los estadios. Tampoco me llamaba la atención ir a conocer ningún pelotero. Pero al destino nadie se le escapa; por más atajos que cojamos no podemos evadir el camino que nos toca.

Elizabeth Valdez

Una cadena con forma de anillo

Era el año 1999. Comencé a trabajar a tiempo completo en un súper mercado, como cajera y encargada de cosméticos, pero mi deseo de terminar mis estudios siempre me perseguía. Mi jefa nos visitaba todas las semanas. Era una mujer alta, elegante y de buen trato con todos sus empleados. Un día, en una de las visitas que solía hacernos todos los fines de semana para ver como marchaba el negocio, aproveché para decirle mi inquietud.

—Doña Laura, quiero hablar con usted.

—Dime Ela, ¿te pasa algo?

—No… estoy bien, solo que quiero seguir con mis estudios y usted sabe que este horario no me lo permite. Usted sabe que me gusta mucho trabajar con ustedes, pero tengo que renunciar, a menos que me dejen medio tiempo.

—Eso no creo que sea posible. Pero no te preocupes, hablaré con Belkis para que te trate bien con tu liquidación y cualquier cosa, si quieres regresar, tu puesto estará aquí. Me alegro mucho que pienses en seguir estudiando, es lo mejor para ti.

—Gracias doña Laura.

La verdad que ni creí que me dieran liquidación, no tenía el tiempo necesario, y además, fui yo quien renuncié, por lo que quedé muy agradecida con lo que me dieron.

Contacté algunos vendedores que daban trabajos de medio tiempo para promover sus productos y enseguida me contrataron de promotora. Estaba muy entusiasmada con volver a la universidad y en unos cuantos días me inscribí. Al poco tiempo en el trabajo, conocí una joven colega con la cual me llevaba muy bien y empezamos a entablar amistad.

Sara, al igual que yo, era madre soltera. Casi en todos los establecimientos coincidíamos promoviendo los productos de la compañía para la cual trabajábamos. Ella promocionaba el café Mamá Inés, que solo se vendían por las labias que daba Sara después de arrebatarles los clientes al Santo Domingo. Era impresionante su don de convencimiento, aunque a los pocos días volvían a optar por el que le había quitado de las manos y Sara, con la cara que le ponían, no se atrevía a volver a convencerlos de que el que ella vendía era el mejor.

Yo promocionaba los productos de Isaac Color, que siempre la gente los conocía más por el caballito que tenían de logo. Esos colores sí que se estaban vendiendo solos; eso me ayudaba a no tener que hablar mucho, hasta que llegó una competencia que nos estaba bajando las ventas y tuve que ponerme las pilas y aplicar lo que ya había aprendido de las labias de Sara.

Era fecha de patronales y ese año las celebraron a una esquina de mi casa, en el estadio que tenía poco de construido. Todas las noches yo me daba una vuelta por ahí. En una de ellas yo me encontraba maquillándome frente al espejo, vi el reflejo de mamá aproximarse a mi espalda. La escuché si necesidad de volverme:

—Ela, quédate… Hay algo que me dice que no vayas.

—Mamá, ya no soy una niña. ¿Qué es eso que te dice siempre las cosas?

—¡Ay mi hija!... Para aconsejarte nunca crecerás.

                                    Elizabeth Valdez

—Ok mamá, te prometo que solo iré de pasada, pero hoy viene Alex Bueno y me gusta mucho su nuevo álbum.

—Yo sé que no será de pasada… Cuídate mucho, Ela.

—Ok mamá, adiós, ya Carlitos está dormido. Míralo por favor.

—Descuida.

Metida en medio de la multitud, alcancé a ver a Sara. Noté que estaba mirando a todos lados y me le acerqué:

—Hola Sara… ¿Qué haces por aquí?

—Lo mismo que tú, dando una vuelta.

—Ok...

—Bueno, en realidad salí a acechar a mi novio, a ver en qué está, tú sabes… –me confesó guiñando un ojo. Lo que me dio a entender que sospechaba que él salía con otra.

—Vamos a hablar un poco –invitó.

—Sí. Déjame comprar un algodón para endulzarme... ¿Quieres uno Sara?

—No soy muchacho Ela, ¡jajajajajaja!

Aunque Sara dijo eso, desde que me le acerqué con mi bola de algodón rosado, le hizo un hueco que dejó de ser redondo y yo solo la miré arqueando una ceja. Nos alejamos de la multitud, ya que en ella no se podía conversar a gusto por todo el ruido. Caminamos hacía el *play* que le quedaba al lado.

Escuchamos el sonido de una bocina reclamando nuestra atención.

—Espera Ela, es mi cuñado… Déjame preguntarle si lo ha visto.

Sara se dirigió donde estaba su cuñado. Este se encontraba en un vehículo no muy lujoso pero en buen estado. Lo podía ver de donde estaba. Sus brazos eran fuertes, alto, moreno, con cuerpo de atleta. Andaba con una joven muy linda, pero giró su mirada hacía mí y preguntó al verme:

—Sara, ¿quién es esa joven?

Ella enseguida me llamó.

—¡Elaaaa ven! –voceó, haciendo al mismo tiempo señas de que me acercara.

—Te presento mi cuñado.

—Hola cuñado –le dije bromeando.

—¿A qué te dedicas, Ela?

—A lo mismo que Sara, trabajamos juntas en los establecimientos comerciales… ¿Por qué?

—Porque eres hermosa y quiero saber todo de ti.

—Bueno, ya sabes que trabajo. ¿Y tú a qué te dedicas?

—Soy beisbolista.

Un parpadeo en mi ojo derecho me gritó: *¡Peligro!*

—Móntense, vamos a ver si encontramos a mi hermano.

Sara me pidió que la acompañara, prometiendo que me llevarían a mi casa después que diéramos unas cuantas vueltas. Un Gitano 18, que se movía de un lado a otro entre nuestros pies, nos motivó a tomarlo.

—¿Cuñado y esto es lo que usted toma? –le preguntó Sara en forma de burla. Levantando la botella continuó–: debería tomar algo más fuerte, ¡jajajajajaja!... Esa es una bebida para mujeres.

—No Sara. Incluso yo casi ni tomo… me hace daño para el rendimiento. Mañana tengo práctica, tómenselo ustedes.

Sara, desde que se tomó un par de tragos, empezó a hablar barbaridades de su novio, que por más vuelta que dimos no apareció. Luego dejamos la joven que lo acompañaba en su casa y por último me llevaron a la mía.

Al día siguiente, cuando llegué del trabajo lo encontré en mi casa. Me sorprendió, porque no le había dicho que fuera. Pero no esperó y ya había hablado con mis padres. Se pintó como el príncipe azul: aparte de buena gente, económicamente bien

Elizabeth Valdez

posicionado. ¡Qué lotería!, dirían mis padres. Tenían un viejo amigo cuyo hijo había llegado a las Grandes Ligas y eso le cambió la vida, ¡pero del cielo a la tierra!, según contaba papá, que también daba fe de que era un buen hombre.

—¿Eres Grandes Ligas muchachón? –le preguntó mi padre, mientras mamá ponía la mesa para comer.

—Aún no, pero imagínese, seguro ese es mi destino.

Mi padre continuó interrogándolo. Cada pregunta contestada por él era un visto bueno al razonamiento de mis padres. Papá le apodó «El Béisbol». Él se instaló como si hubiese llegado a su meta final. Todos los días era igual: me esperaba a que llegara de trabajar junto a ellos en animada conversación. El ambiente de mi casa ya se había refrescado por completo; mi padre me escuchaba, solo me aconsejaba que el Béisbol esto y lo otro. Yo podía decir cualquier cosa y no se molestaba; cambiar de lugar cualquier mueble de la casa; elegir algún color de pintura y todo estaba bien. Vivir ahí se hizo más acogedor que nunca. Bueno, yo veía todo bien, sobre todo el cambio de actitud que papá dio conmigo. Empecé a tratar al Béisbol. Yo era su princesa, me trataba muy bien y quería saber todo de mí: cuántos novios, hombres; mis necesidades, mis miedos, mis sueños, etc. Me sentía alagada de que alguien, aparte de mí misma, se preocupara por lo mismo que yo quería, y revelé todo… Grave error, pero era muy ingenua.

Desde ese momento supo como manipularme. Una tarde me llevó a conocer su madrina, una anciana de pelo largo y gris, casi blanco. Su dentadura había desaparecido y las líneas de la parte superior de sus labios, formaban un grotesco acordeón. Un bastón sostenía su delicado esqueleto; estaba seca de flaca, pero aún tenía su actitud. Vivía en un campito, en una casita muy humilde. Estando allá, la anciana le pasó una cajita y a mí me entregó un anillo. Me hizo jurar que lo amaría y que lo esperaría hasta su regreso.

—¿Por qué elegiste ese absurdo lugar para entregarme este anillo?

—Es cosa mía Ela, confío en mi madrina y ella hace que mis deseos muchas veces se me cumplan.

—¡Ohhh… Ok!

Aunque no entendí, no quise seguir cuestionándolo. Miré mi mano. Aquel anillo lucía impresionante. Nunca había visto uno igual; a ninguna de mis hermanas ni en sus bodas, le habían regalado uno así. Luego de una semana llegaba siempre con regalos para mamá y papá y pasaba horas con ellos. Después que entrenaba en el estadio, mientras yo trabajaba, él se quedaba con ellos. Muchas veces tenía que faltar a la universidad porque me daba apuros no dedicarle una hora después de que pasara el día entero ahí. Papá me decía que era de mala educación dejarlo solo. Luego de unos dos meses, él se tuvo que ir y yo me quedé trabajando y estudiando hasta su regreso.

Mientras en Estados Unidos el Béisbol avanzaba su carrera jugando en Triple A, Los Oscuros se dieron cuenta de que se había enamorado locamente de mí. Se vieron amenazados con esa relación. Ellos no querían que él se enamorara y descuidara su carrera, ya que todos estaban pendiente de lo que harían con aquella fortuna que el Béisbol prometía ganar. La reina de Los Oscuro, su madre, le aseguró un futuro en las Grandes Ligas, pues tenía la manera de hacer que todo ese sueño se hiciera realidad para ella y los suyos. De una manera muy extraña, pero era en lo que creía: su único obstáculo era yo.

Llamaban y le decían mil y unas mentiras de mí y lo llenaban de ira en mi contra. Pero él no quería terminar. Seguía apegado y su obsesión por mí crecía más. Pero ahora con unos celos y una

                                        Elizabeth Valdez

maldad que nunca pude entender. Yo no daba los motivos, pero Los Oscuros si, con las calumnias que se inventaban de mí. Ahí empezó con sus dudas. Ya no quería que yo fuera a la universidad; me acusaba de que los estudiantes vivían relacionándose entre ellos; que a la universidad iban más a verse con los novios que a estudiar, etc. Hasta que la presión de sus acosos y amenazas me hicieron dejarla.

Papá decidió ir a visitar a su compadre Rafael, que se había mudado a otro pueblo cercano, creo que a San Francisco de Macorís, para contarle que yo era la novia del Béisbol; que pronto nos casaríamos. También para saber si lo conocía y en qué equipo estaba firmado Tony para decírselo al Béisbol.

—¿Cómo está, compadre?

—¡Agustín! ¡Compadre, cuanto tiempo!, a Dios las gracias estamos bien aquí.

—Y Tony, ¿cómo va en la pelota?

—Compadre y usted tenía tanto tiempo sin saber nada de nosotros, mi muchacho anda por ahí haciendo trabajitos… En su primer año de firma se lesionó y el dinerito que me le dieron se volvió na, usted sabe, esta juventud… Se llevó de la vanidad y los lujos y ahora no queda nada, por lo menos dice que se los gozó, pero no es fácil. Ahora me culpa a mí –concluyó Rafael apesadumbrado.

—¿Pero de qué compadre?

—Él quería estudiar compadre y yo le metí la pelota por los ojos. Pero yo apuesto a mi muchacho, ya me dijo que pronto volverá a estudiar.

—Bueno compadre, usted sabe que lo de ser doctor fue por la enfermedad de la comadre Aurora; me acuerdo como ahora cuando lo dijo tan inocente: *«Si fuera doctor no dejaría morir mi mami»*… Mi comadre Aurora, morir tan joven ¡caramba!… Bueno, me lo saluda y Dios sabrá, se me cuida compadre.

—Con Dios Agustín.

Recuerdo que a los pocos días de entregarme el anillo me pasó a recoger a la universidad.

—Vamos a dar una vuelta, Ela.

—¿A dónde vamos?

—Quiero que te entregues a mí, ya te di un anillo y quiero que con esto terminemos de sellar este compromiso.

—¡Qué dices!… No, no estoy lista.

—Como así, claro que si, tú no eres ninguna señorita, tienes un hijo ya, ¿cuál es el problema?

—Bueno, fíjate… yo en realidad no creo que sea prudente.

Su rostro gesticuló una sonrisa malvada.

—Vamos amor, no tengas miedo, te sentirás como una reina; te haré sentir como ningún otro hombre te ha hecho…

—No por favor, no se trata de eso…

Aceleró rápidamente su vehículo y no habló más. Yo traté de convencerlo; no paraba de hablar y no me fijaba el camino que había tomado. De repente me encontré en un lugar muy oscuro; no veía ninguna cabaña cerca, donde me imaginé que me llevaría. Eran unas ruinas. Se detuvo en medio de muchas yerbas altas y escombros.

—Bájate aquí, Ela.

—¿Quéee ?... ¿Qué estás haciendo? Por favor no me hagas daño… No me mates, tengo un niño pequeño y además en este monte… De aquí a que me encuentren, mi madre morirá de la angustia.

                    Elizabeth Valdez

—¡Bájate te digo! Estúpida, que crees… que no sé que quieres hacerte la santita conmigo porque tengo dinero, sabrá Dios con cuantos…

—¡Por Dios! ¿De qué hablas?… Podemos arreglarlo de otra manera, no me dejes aquí.

Arrancó despacio. Mientras se alejaba yo me quedé con los ojos cerrados; pensé que me dispararía o algo así, moría del susto. Abrí mis ojos y vi que se alejaba y comencé a correr detrás de él, antes que me quedara totalmente sin rumbo y ninguna dirección que me sacara de ahí, porque solo las luces del vehículo alumbraban esa noche tan oscura. Ya en la pista, otra luz me alumbró. Esperé y le hice señas desesperadas para que pararan. Pero el Béisbol retrocedió, me montó rápidamente al vehículo y me llevó a otro lugar. Cedí a sus deseos y apagó muy rápido su sed de mí. Mis ojos, llenos de odio, lo miraban; mis labios temblaban.

—Ya pasó. Mira que rápido… Si no te hubieras puesto negativa. Ahora está sellado lo nuestro.

—Sí, ahora me puedes matar –le grité, la verdad ya no me importaba, me sentía horrible.

—No Ela, tienes un niño pequeño, y pronto tendrás otro conmigo.

—Llé… va… me… a… casa –le supliqué mordiendo las sílabas–. Mis padres tienen que estar preocupados.

Rápidamente salimos de ahí. Ya mi madre sabía más o menos lo que pasaba. La otra luz que vi acercarse en la pista, era del vehículo de un vecino del barrio. Me alcanzó a reconocer y alertó a mamá de que algo pasaba:

—Señora Margot.

—Dígame Don Víctor.

—¿Sabe usted de Ela?

—Sí. Pero ya es hora de que esté aquí… salió a la universidad. Estoy preocupada… ¿Pasó algo?... ¿Por qué me pregunta eso, Don Víctor? Nunca me ha preguntado por ella… ¿Pasó algo?... ¡Dígamelo!

—No exactamente, pero alcancé a verla en las ruinas de las minas de oro, caminando; hacia señales de rescate al parecer no quería subirse con el novio. Creo que era él… Pero llegó primero y la subió a su vehículo. Creo que ella no sabía que era yo que me acercaba, no le diga nada; por favor no le diga que la vi ni que le conté nada.

—¿Qué pasaría, Dios mío?... ¡Ahhh!, voy a colgar… llegaron.

—¿Qué pasó Ela… te sucedió algo? –me preguntó mamá a modo de bienvenida.

—No mamá, nada… Solo que no pude corresponderle a ese monstruo y me hizo pasar tremendo susto… ¡Lo odio, lo odio…!

—Déjame hablar con él.

—No mamá, ya se fue.

No pude contarle a mi madre lo que en realidad pasó esa noche.

Elizabeth Valdez

Promesas olvidadas

Llegó el año 2000. Para muchos sería el final del mundo, pero para Los Oscuros y el Béisbol, fue tenerlo entre sus manos. Ese mismo año firmó su contrato en las Grandes Ligas.

Mientras el Béisbol cada día ganaba más fama y dinero, lo cual lo había hecho más prepotente… más convencido de hacer lo que quisiera, yo estaba consciente de que a su regreso las cosas empeorarían. Mi mente pensaba en cómo acabaría mi vida al lado de un hombre así. Me sentía frustrada porque no tenía opciones. Una tarde sonó el teléfono:

—Es Carlos, Ela –dijo mamá.

—Ok mamá, déjame hablar con él.

—Hola, Carlos.

—Hola, ¿cómo está Carlitos?

—Muy bien, gracias…

—¿Y tú, Ela?

—Bueno Carlos… estoy pasando por una situación…

—Como así, dime, ¿ese hombre no te hace feliz? —me preguntó yendo directo al problema, como si ya supiera algo de como iba esa relación.

—No Carlos, problemas como en toda pareja…

La verdad intenté decirle, pero luego no quise abundar más.

—Sabes que cuentas conmigo para lo que quieras, si quieres volvemos y sales de él.

—¡Waooo!, gracias Carlos… La verdad no sabes lo mal que me siento, ni lo serio de esto, pero tú sabes que lo nuestro no funcionó y nunca va a funcionar… pero muy brillante tu idea.

—Bueno, tú sabes que todavía te amo, fue tu idea irte.

Faltando solo dos meses para finalizar la temporada y para que Béisbol regresara, me preparé para seguir aguantando una relación forzosa y que no quería. Pero no podía dejarlo, me tenía dominada y sin tener el control de seguir lo que mi corazón decía.

Entonces, el destino volvió y trajo a Esteban.

—Hola Ruth, ¿cómo estás?

—Bien Ela, estoy bien.

Ruth también llegó al barrio ya grandecita. Se mudó al lado de mi casa al cumplir sus doce. Tenía unas libritas de más, y se destacaba entre nosotras porque mis amigas y yo éramos esqueléticas. Tenía labios gruesos y abundante cabellera. Enseguida se enamoró de mi hermano y él de ella. Él era cuatro años mayor que yo y también mi confidente: sabía todo sobre Esteban.

Ruth me traía noticias. No sé por qué, pero desde que la vi llegar supe que tenía algo que decirme.

—Elaaaaa… –su manera de expresar mi nombre y la cara que puso me dejó claro que traía una noticia; pero a ella le encantaba decir las cosas después de mortificar un poco.

—Elaaa, ¿a que no adivinasssss…?

—Habla ya Ruth, ¿qué pasa?

—Espera, espera… Te tengo una sorpresa.

—Pero dámela yaaa…

—Llegóooo…

—¿Qué…? ¿Quién…?

—¡Estebannnn!

Me quedé sorprendida, asustada y avergonzada. Una explosión de emociones me hizo palidecer. No sé lo que sentí en ese momento pero si algo sabía, era que él estaría muy decepcionado de mi actual realidad. Pero quería saber de él.

—¿Y dónde está?; ¿dónde lo viste?... Dime, dime.

—Bueno, si lo quieres ver, esta noche planeamos una cena.

—Pero Ruth…

—Bueno, me voy… solo vine a decírtelo, estás invitada, adiós.

—¿Dónde es, Ruth?

—Es en la casa de Rosalba.

—¡Ahhh!, ya…

Sentí que algo me había caído dentro del estómago, un frío intenso; un terror a que llegara a oídos de Béisbol. Pero cuando se trataba de ver a Esteban, enfrentaba el miedo.

—Sí, sí… Iré a verlo. Pero sabes que mi presente está muy oscuro para él y no quiero que me reclame nada, me dará vergüenza mirarlo a la cara, Ruth.

—Pero Ela, no te pongas tú misma los obstáculos, no pienses por él… Mira, tienes que ir, que si él todavía siente algo por ti y es verdadero, nada impedirá que vuelvan. De lo que ha pasado tú no eres la única culpable… Todos cometemos errores y siempre hay una oportunidad… Esta puede ser la tuya, acompáñame.

Se me llenó la vida de ilusiones al saber que podíamos volver después de todo lo que había cambiado mi vida desde que se fue.

Llegué y ya Ruth y mi hermano estaban ahí, también otros amigos que teníamos en común. La cena no me acuerdo que era, pero sé que no probé nada; me la pasé observando a Esteban cuya timidez no lo dejaba acercarse a mí. Luego de terminar cada quien fue saliendo, y Esteban por fin me habló. Ruth abrazó a mi hermano y me guiñó un ojo, yo le respondí igual.

—¿Puedo llevarte a tu casa, Ela? —me propuso Esteban muy serio.

—Claro, gracias.

Me subí a su moto y camino a casa no pude soportar tenerlo tan cerca sin hacer nada. Le di un besito en el cuello y me abracé a su cintura tan fuerte; como si hubiera acelerado la moto a mil, pretendiendo que era para asegurarme, pero en realidad era apretándolo contra mí, para sentirlo; por si acaso eso sería lo único que podría sentir a su lado esa noche. O por si no lo volvía a ver más.

Esteban me invitó a la playa como si hubiese adivinado que era mi lugar favorito.

—Ela, mañana temprano paso a recogerte, ¿me puedes acompañar a la playa?

—Claro.

Llegué a la casa y ya el Béisbol estaba al teléfono.

—¿Dónde estabas metida?, ya he llamado tres veces… ¿Andabas con otro hombre? Dime la verdad.

—No, estaba con mis amigas.

Esa fue la primera vez que le mentí al Béisbol sobre eso, aunque siempre que salía a cualquier parte me acusaba de que andaba con otro. Yo tenía que dar por terminada esa relación, antes de darle la esperanza a Esteban de volver a comenzar lo que habíamos dejado en el pasado. No dije nada al Béisbol, pero con lo que pasó al día siguiente, no hubo mucho que decir, solo esperar cómo iba a tomarlo.

Ese día, muy temprano, nos fuimos a la playa. Esteban invitó todos nuestros amigos y a Eddy, mi hermano. El trayecto fue perfecto, bueno no todo el tiempo. Esteban nos contó de su vida en los Estados Unidos. Nos describió los enormes edificios y

                    Elizabeth Valdez

puentes de la Gran Manzana; de su primer trabajo en McDonald's; del exagerado frío en invierno, entre otras cosas. Mi imaginación voló hasta allá. Me veía entre sus avenidas con un elegante abrigo blanco de piel de oso, como los que usaban esas señoras que veía en las películas, con un sombrero negro cubriendo mi rizado pelo, mis manos cubiertas de unos peludos guantes y jugando entre la nieve, hasta que ¡trashh!... Tuvimos que detenernos y Esteban paró de hablarnos sobre los Estados Unidos.

Un pequeño problemita en el vehículo me devolvió a la realidad; al calor de ese verano. Bueno, viajábamos en una camioneta vieja, una carcacha que cada dos o tres kilómetros se nos desarmaba de algún lado. Las paradas para esperar componerla las disfrutábamos bromeando y haciendo cada chiste tonto que se nos ocurría. Pobre Esteban, tenía que recorrer largas distancias en busca de algún mecánico o gomero, porque cuando no era una pieza que se jodía, era una goma que se pinchaba y nos arruinaba el camino. Llegamos casi al atardecer. La playa estaba hermosa, tanto que hasta el día de hoy no he podido volver a ver otra luna naciente como la de esa tarde. Era tan grande que cubría casi toda la parte del mar que alcanzábamos ver al final de la playa. Desde que llegamos, todos encontramos algo con que divertirnos; mientras unos se bañaban en medio de las olas, otros se enterraban en la arena. Ruth y mi hermano dijeron nos vemos ahora. Esteban y yo nos quedamos en la orilla contemplando la luna y hablando de nosotros.

Solo una caseta de todas las que vendían pescado quedaba abierta. Una morena, con múltiples trenzas decoradas de bolitas en las puntas del cabello, se acercó y nos dijo que ya casi cerrarían por si queríamos algo. También me dijo que podía parecerme a ella si me animaba a que me hiciera trenzas. Le dije que no.

Esteban me pidió un servicio de pescado con batatas fritas. Recuerdo que me comí hasta las espinas de tan crujiente que estaban. Luego me empezó a hablar de algo que no quiso decir mientras veníamos en el camino. Creo que eso lo reservó para decírmelo a mí sola:

—Ela, quiero que sepas que he ingresado al Army.

—No sé de qué se trata.

—Es como el ejército aquí, pero en Estados Unidos, es muy diferente, en todos los sentidos.

—¿Y no es peligroso?

—Claro, hasta más que aquí.

—¡Ohhh…!

Esteban continuó explicándome algunas cosas que podían suceder perteneciendo al Army. Entre las que me dijo, la que más me chocó, fue que podían mandarlo a pelear a alguna guerra. En ese momento me lo imaginé en una película de Rambo, en medio de tanques de guerras, de explosiones y soldados volando por todos lados y me asusté mucho. También me contó lo duro de los entrenamientos. Nunca creí que Esteban podía dar para tales cosas, pero sí.

Me dijo que en cinco años podía lograr su objetivo en el Army y que en ese tiempo yo podía terminar la universidad. Y bueno, luego soltamos el tema. La luna que nacía cuando llegamos, ya estaba en lo más alto del cielo. Llegó la hora de regresar y tuvimos que salir a buscar a mi hermano y a Ruth. *«Esos no perdieron tiempo»*, fue el comentario del chofer que nos transportaba; se reía de saber de lo bien y diferente que se habían divertido ellos. Tenía un jumo que decía todo con pelos y señales.

Salieron de su escondite y no podían ni caminar. Habían tomado tanto o más que el chofer, hasta el punto que tuvimos que subirlos nosotros al vehículo y nos moríamos de risa de verlos así.

                    Elizabeth Valdez

En cuanto al chofer, Esteban tuvo que convencerlo de que no podía conducir de regreso, pues estaba muy embriagado. *«¡Jajajajaja!... Muchacho, tú no sabes que borracho es que yo soy una volanta…»*, alardeó intentando resistirse. Esteban se lo echó al hombro, lo acostó al fondo del vehículo y se hizo cargo del guía.

Ese paseo a la playa fue corto, pero hermoso hasta el final. Creí que fue un sueño todo lo que había pasado ese día. Volví en sí cuando llegó la hora de entrar a tocar la puerta de mi casa. Los ojos de mi padre estaban al salir disparados fuera de sus cuencas, su corazón a punto de darle un infarto, pues el Béisbol había llamado más de veinte veces y yo no había contestado ninguna… Él tuvo que contestarlas todas.

Entre amenazas e insultos, tenía a mi padre fuera de control. *«¡Qué clase de hija es la que tiene que a esta hora de la noche anda en la calle y usted no sabe explicarme dónde está!»*, fueron una de las cosas que me dijo mi padre que él le dijo, entre otras tantas que sobrepasan las reglas, al punto que había manipulado a papá, porque, a decir verdad, mi padre ya le tenía miedo.

—Papá ¿usted cree que es justo que yo me envuelva en una relación así? El Béisbol no es lo que ustedes creen, me tiene al punto de estallar; vive llamándome e insultándome. Tengo que estar como recepcionista al lado del teléfono, porque si no le contesto al instante, dice que es teniendo sexo con otro que estoy… Dígame… ¿Qué clase de ogro fue que eligieron para mí?... ¡Por Dios papá! –le grité histérica.

—¿Dónde estabas, Ela?

—Salí con mis amigos.

—¿Por qué llegaste tan tarde?

—Papá, en el camino varias gomas se explotaron.

—¡Ohhh…! Sí, claro… ¡El corazón era que tenía que reventárseles!

En ese momento, en medio de nuestra discusión, el teléfono empezó a sonar.

—Contesta tú –ordenó mi padre–, ya a mi me tiene al coger el monte.

Lo levanté. Dijo todo lo que quiso y yo solo tenía mi mente en esa hermosa tarde que había pasado al lado de Esteban y mis amigos. Esa noche no me afectaron ninguna de sus amenazas e insultos, solo suspiraba y me imaginaba una y otra vez lo que había pasado ese maravilloso día.

Al otro día, Esteban pasó a buscarme en un carro. Me condujo al frente de una pequeña cabaña de nombre Edén. Empezó a tocarme y yo sentí la misma sensación que experimenté bajo el naranjo, pero de repente me llegó el miedo al Béisbol; que podía hacerme algo si se enteraba. El miedo era tal, que aunque estaba en Arizona, sentía que me estaba observando.

—Espera Esteban, no lleguemos a esto… No entres por favor.

—Ok, Ela. Si quieres cuando vuelva nos casamos por la iglesia.

Cuando Esteban me propuso eso, no sé si lo hizo porque me amaba como para unirnos ante Dios para siempre, o por respeto a mamá. Él sabía que ella se sentiría muy feliz de escuchar eso. Era la más rezadora del barrio, casi todos los vecinos la buscaban de madrina de sus hijos por lo mismo; pero nada de eso hizo que mamá pensara en lo que mandaba Dios el día que se lo confesé.

Esa noche esperé que el Béisbol llamara para hablarlo todo. Cuando lo hice dijo tantas cosas y me ofendió tanto, que hasta creí que me había mandado a vigilar y que se enteró de que estuve a punto de entrar a esa cabaña. Pero no vimos a nadie sospechoso alrededor. Era como si se hubiese presentido algo; o quizás porque ya yo había empezado a hablarle indiferente.

Elizabeth Valdez

Le colgué hasta que se calmara para al otro día explicarle todo y terminar con él. Creí que sería sencillo, pero no resultó así. Ya tenía planeado qué recurso usar para manipularme y no dejarme libre.

En pocos meses me había condicionado psicológicamente para tener todo el control sobre mí. Sabía que le temía. Yo me había convertido en su esclava. Todas sus actitudes eran para temerle, y así hacerse obedecer a base del miedo que era su arma letal. Al verlo decidido a no dejarme libre y a punto de tomar un vuelo e interrumpir su temporada para venir, supe que tenía un gran problema con él.

—Voy a ver si te atreves a dejarme por ese estúpido, Ela; es mejor que se te salga esa idea de la cabeza. Es más, prepárate… ¡Te mataré el noviecito ese! –amenazó con un tono parecido a un rugido.

Colgué muerta de miedo. Me aterroricé y me fui a la iglesia. Le rogué a Dios: «*Señor si es tu voluntad líbrame de esto*». Le hice unas cuantas peticiones y le otorgué una promesa.

Al llegar a casa consulté con mi madre todo lo que me estaba pasando. Me sentía entre la espada y la pared, pero todo se me vino abajo cuando ella solo pudo decirme:

—Él dice eso para asustarte pero no te hará nada; es que tú le has fallado y está celoso, Ela. Un hombre celoso se pone así y peor; además, no sé como te atreverás a verle la cara a Joe, creí que era como una hermana para ti y tú sabes que tienen muy poco que terminaron su noviazgo.

—Ella lo entenderá mejor que tú, mamá, eso te lo aseguro y si me considera como yo a ella, nunca me lo reclamaría, pues yo tampoco lo hice con ella.

—No te entiendo, Ela.

—Mamá, nos amamos y cuando regrese me dijo que nos casaríamos por la iglesia.

—Mira Ela, no quiero que cometas otro error como con Carlos. Esteban es todavía un muchacho.

—¡Waooo, mamá!, ya veo que… –varios minutos de silencio congelaron la conversación. Quería decirle tantas cosas, pero sabía que la ofendería. Mejor callé.

Ella se quedó muy pensativa. Creo que mamá se imaginaba lo desagradable que sería mi traición. Joe era como mi hermana, mi mejor amiga desde muy niñas. Pero mamá no sabía de lo nuestro antes de Esteban irse a New York y que, anteriormente, Joe era hasta la intermediaria para nuestros encuentros nocturnos.

Esteban y yo no hablamos del tema de Joe. Desde que nos reencontramos perdonó el hijo que tuve con Carlos que también era su amigo. Con eso me dejó claro que yo tampoco debía decir nada del noviazgo que se dio entre ellos. Pero en fin, me di cuenta que mamá tampoco le dio prioridad a lo de que nos amábamos y que podíamos unirnos ante Dios. Es que no se trataba ni siquiera de eso. Eran simples excusas lo de que yo traicionaría a Joe. Lo comprendí cuando ella rompió el silencio:

—El Béisbol es el hombre que te conviene; se preocupa por ti y nos ayuda económicamente.

—Pero no lo amo mamá.

—Aprenderás a amarlo –me aseguró en un tono que no dio lugar a réplicas.

—Con amor ni carita bonita se va al mercado, Ela –intervino papá de manera tajante.

No sabía lo que le estaba pasando a mis padres: ¿acaso no me habían enseñado a trabajar desde que terminé de echar los dientes?

¿Aprender a amarlo? Pero de qué manera. Será a odiarlo, me dije. Más tarde llegó Esteban para hablar con ella y de paso despedirse. Tenía que regresar al Army al día siguiente. Mi madre lo saludó tan indiferente que ni levantó la cabeza. Se despidió de mí

                                   Elizabeth Valdez

y se marchó enseguida, como si hubiera escuchado la conversación que habíamos tenido mis padres y yo minutos antes.

Papá se había retirado de la sala. Yo me tiré en una silla, cabizbaja y sin esperanzas de seguir con Esteban. Mamá empezó a rastrillar mi cuero cabelludo con sus dedos, a sabiendas de que eso no me daba ningún consuelo. Pero insistió en arar mi cabeza, así sentí sus dedos acariciándome. No pude hacer nada. El Béisbol tenía a mi padre ilusionado con inmensidades de promesas y mi madre estaba manipulada por mi padre; era la menos indicada para ayudarme a salir de esa situación.

Entonces, la amenaza volvió a mi pensamiento y el miedo que le tenía fue mi perdición. Le comenté todo a Esteban. Él quiso ayudarme, me dijo que no le hiciera caso pero había un terror enorme que me dominaba y pensé: «*No, Esteban no tiene la culpa de esta mala elección y no me perdonaré que esto le afecte, que el Béisbol le pueda hacer algo por mi culpa*». Decidí dejarlo fuera, con una Z marcada en el centro de mi corazón. Esteban quedó destrozado. No comprendió mi decisión, ni sabía cuál era la realidad.

Se terminó la temporada. Él regresó y entre altas y bajas empecé a adaptarme a su bipolaridad, pues un día era todo un amor y al otro día un puro ogro.

El muro

Me invitó a cenar a un restaurante, el más lindo que había conocido en mi vida. Me puse la mejor ropa que tenía: un vestido corto de color rojo y unos accesorios dorados; zapatos y cartera negra; mi cabello preferí recogerlo por que siempre creí que lucía más elegante con el así.

Me habían contado que aquel restaurante era hermoso y que las personas que lo visitaban siempre iban bien vestidas. Además, tenía muy poco de inaugurado, por lo que llegaban personas de otros pueblos a conocer ese restauran que había superado por mucho a los demás. Estaba medio retirado, como a diez kilómetros y muy cerca de aquellas aguas o torrentes de lluvias que habían cubierto las tierras de papá, y la de muchos campesinos. Eso sabía del lugar, pero no había tenido la oportunidad de ir.

Ya estaba lista y solo esperaba que pasarán los quince minutos que me había dicho que tardaría en llegar. Sonó la bocina de su vehículo a los dos minutos, pues al parecer no midió el tiempo muy bien de la distancia que tenía que recorrer. Enseguida salí y se emocionó al verme lo linda que lucia.

—Estás hermosa, Ela… –me dijo muy animado–; pero te verías mejor con tu cabello suelto –concluyó dañando el cumplido.

—Gracias Béisbol, pero creí que luciría mejor así.

—No, la mujer siempre luce mejor con su pelo suelto y si es negro natural, mucho mejor. ¿Por qué no te lo dejas crecer, Ela?

—Pero me conociste así.

—Súbete que tengo mucha hambre.

—¿Por eso llegaste tan rápido?

—¡Qué! ¿Esperabas a otro hombre?

—No, te esperaba a ti, pero en quince minutos…

Él siempre llegaba con un misterio. Muchas veces se escondía en la casa y me agarraba de sorpresa, era exagerada su inseguridad. Bueno, me subí y el subió el volumen del radio y no se habló más hasta que llegamos a una calle que era recta e insistió en que le ayudara a manejar desde mi asiento y acepté, aunque nunca lo había hecho. Pero siempre hay una primera vez, me dije. Él llevaba el control del acelerador y los frenos y yo la dirección del guía, así continuamos unos dos minutos, mientras le decía: *«Despacio, por favor, despacio»*. Hasta que hubo un momento en que empezó a pasar sus manos por mi cuello, subiendo lentamente. Quitó el gancho que sostenía mi cabello y me besó. El guía tomó la dirección de un precipicio que quedaba del lado derecho del lugar hacía donde nos dirigíamos. Al escuchar el sonido que produjeron las gomas que se salieron de la pista, el Béisbol reaccionó de inmediato. Tomó el guía y lo controló todo. Que susto me provocó ese momento, aunque extrañamente, también risa. Se detuvo hasta que paramos de reírnos y continuar con el beso que nos puso en frente de la muerte, pero que me excitó tanto que perdí la dirección.

—Te voy a enseñar a manejar, Ela.

—Ok... Solo que mientras lo hagas, no me beses, por favor…
Me emocioné mucho –le pedí, después de que en fracciones de segundos la perspectiva no abandonara mi mente, y es que él me dijo que desde que aprendiera me regalaría un carro.

Llegamos y nos sentamos en una esquina que dejaba ver una vista impresionante de la naturaleza y de las pocas montañas que quedaron. ¿Montañas que quedaron? La música armonizaba el ambiente. Así que la respuesta a esa pregunta fue que mis pensamientos se fueron inmediatamente a la historia que mi padre me había contado cuando era niña, luego de ordenar lo que íbamos a cenar y tomar dos copas de vino. Pero la mente del Béisbol se fue a otro lado. Una canción de José José armonizó con sus celos y pensamientos errados que no tenían nada que ver con los sentimientos encontrados que me habían hecho estar pensativa y distante del momento.

Lo primero que pensé fue que papá huía a la montaña más alta, aunque estaba consciente que la historia no fue real. Mientras yo armaba todos aquellos pensamientos —cuestionando el porqué mi padre me contó una cosa diferente a la realidad; de llegar a la conclusión de que lo hizo porque a mi edad quizás no era bueno hablarme de lo malvada que podía ser la gente, y como pueden dejar sin casas y desalojar engañando a las personas—, el Béisbol armaba los suyos muy distintos.

Dudaba que yo lo quisiera a él, mejor dicho, estaba seguro; que mi mente estaba en otro hombre en ese momento; que si sería Carlos el que me había dedicado esa canción que me tenía tan distraída o Esteban, por el cual hacía poco tiempo lo había intentado dejar durante ese paseo a la playa; que por qué estaba inspirada en la canción *«Es que lo dudo»* de José José, que de hecho, fue el tema menos indicado que pudo sonar en el restaurante esa noche: ante un hombre inseguro y una mujer que había dejado claro lo que quería.

—¿Amargada por otro hombre? –susurró.

Volví en sí. El Béisbol estaba frente a mí con una copa de vino y una mirada de asesino que pude observar cuando dejé de pensar de golpe, al sentir las quemaduras del asopado de camarones que ordenó, pero que decidió tirarme encima.

—¿Qué te pasa? ¿Estás loco?... Eres un estúpido.

—Y tú una rastrera que piensas en otro conmigo aquí.

El mozo se apresuró a retirarme el asopado de una de mis piernas, donde se había derramado la mayoría. Él seguía insultándome y yo tratando de explicarle en qué era que pensaba como toda una idiota. El mozo, con voz temblorosa, me preguntó: *«¿Le sirvo otro, señorita?»*

Mientras la servilleta que pasaba por mis piernas, donde no quedaban más residuos, solo lastimaba mi quemadura, yo suspiré profundo y salí de ahí. Me detuve en el frente del restaurante queriendo gritar auxilio, aunque en ese momento lo que necesitaba era una *bola*, pero a esa hora y en ese lugar, no había nadie a quien pedirle que me llevara de regreso a mi casa. Los pocos que habían, yo no los conocía. Estaba obligada a regresar con él o a hacerlo caminando. Pero el miedo al camino, que en su mayoría era muy oscuro y solitario, hizo que regresara a pedirle que por favor me llevara a mi casa. Todavía estaba sentado; ya había pedido la cuenta. Se tomó de un solo trago el poco vino que quedaba en su copa. La mía se derramó cuando reaccione al sentir el calentón. Se paró tranquilamente y el mozo interrumpió: *«Me dio dinero de más, señor»*. El Béisbol contesto que estaba bien. Más de lo que costó la cena, fue la propina para aquel mozo tan amable, que retiró todo el derrame de arroz, camarones y vino del piso, el mantel y mis piernas. Creo que la merecía por tener que escuchar todas las obscenidades de palabras que lo pusieron nervioso. O no sé si en realidad lo estaba por la parte que limpió de mi cuerpo.

Mientras caminábamos hacía el vehículo, le pedí a Dios que solo esperaba que en el trayecto no comenzara la misma discusión. Así sucedió hasta que llegamos a casa.

Elizabeth Valdez

—Ela, perdóname, júrame que no me vas a dejar por eso —me dijo mientras apretaba mis manos. Luego la soltó cuando no le dije ni una sola palabra. Lo miré fríamente al quitarle el seguro de la puerta y abrirla para salir.

No había entrado yo bien a mi casa cuando el teléfono sonó. No lo cogí y volvió a sonar. Ya era tarde de la noche. Seguirá sonando, pensé. Si no lo levanto despertará a mamá, papá y a Carlitos. Decidí tomarlo.

—Dime que me amas, Ela.

—Te amo.

—¿Me perdonas?

—Sí, te perdono.

Solo quería que ese horrible sonido del teléfono no volviera a sonar e intranquilizarme, sabiendo que ellos despertarían por mi culpa. Escuché cuando arrancó, pues las llamadas eran desde el frente de mi casa y, al acelerar, recordé que de camino hacía el restaurante, me prometió que me enseñaría a manejar. Pero también todas las ofensas que me infringió. Al otro día llegó más temprano que de costumbre. Yo no sé por qué, pero no les dije nada a mis padres de lo que sucedió. Creo que me hubiese dolido más constatar que ellos no le reclamarían nada al Béisbol, que el dolor de las quemaduras.

Ayúdame abuela

A los tres meses de su llegada, un leve sangrado me hizo acudir a mi ginecólogo:

—Doctor, tengo unos días manchando.

—Es normal con ese método de planificación que usé contigo. Bueno, en algunos pacientes.

Me chequeó. Encontró todo bien. Creí que no me indicaría prueba de embarazo, pues me aseguró que la inyección de planificación era una maravilla.

—Pero vamos a hacerte una prueba de embarazo, por si acaso.

—¿Por si acaso?... ¿No se suponía que era segura por tres meses?

—Siempre hay casualidades, Ela.

Y las hubo. Era eso: embarazada. A los dos meses de gestación iniciaría la temporada de las Grandes Ligas. No sabía qué hacer. Ya Los Oscuros le habían envenenado la mente sobre mí. En su mente no estaba claro si esa criatura era de él. Sabía que traté de dejarlo por Esteban y que salí con él; aunque no pasamos de un beso. Pero sus celos alimentaban sus malos pensamientos. O que podía ser de Carlos, ya que Los Oscuros le decían que yo continuaba viéndome con él.

Estaba desorientada y creía que era un absurdo decirle a mi madre. Pero abuela se encontraba oportunamente de visita por unos días.

—Abuela.

—Dime, Ela.

—Quiero confesarte algo, pero no se lo digas a nadie… ni a mamá. Tengo miedo.

—¿Qué pasó mi niña?

—Sabes que soy la novia de un pelotero.

—Sí, Margot me habló de eso, y ¿cómo te trata?... ¿Se llevan bien?

—No, de eso es que quiero hablarte… además de otro problema.

—¡Pero cómo va a ser! Tu mamá me ha dicho que él se ocupa muy bien de ti, aparte de que mantiene a tu hijo y los ayuda a ellos.

—Sí abuela, para ellos es así y lo quieren; pero eso no tiene que ver nada con el trato que me da… pero bien… Al parecer esa es también tu prioridad.

—No pienses eso, Ela. Mira, tráelo esta noche para hablar con él… tus padres no tienen que enterarse de lo que le voy hablar.

—No abuela, él está fuera del país, juega en los Estados Unidos.

—¡Ohhh... con razón! Si es Grandes Ligas gana mucho dinero, Ela. Dime… ¿Qué es lo otro que te preocupa?

Abuela, prométeme que no dirás nada, aunque si no salgo pronto de aquí se enteraran y en eso es que quiero que me ayudes.

—¡Estás embarazada!

—¿Cómo lo adivinaste, abuela?

—Dijiste la palabra clave… son setenta y nueve años ya jovencita.

                              Elizabeth Valdez

—Bueno, sí abuela… es eso… y usted sabe como es papá de recto. Te das cuenta en el problema que estoy, abuela, déjame ir a vivir contigo a la ciudad… Ayúdame, por favor.

—No Ela, donde vivo es un lugar que no te recomiendo para nada. Yo misma ya no quiero vivir ahí ¡es muy peligroso! Ese sector se ha llenado de delincuentes; vine precisamente a hablar con Margot de eso, a ver si puedo quedarme a vivir aquí con ella. El Capotillo está cada vez peor… pero veo que tu padre sigue igual de abusador con Margot y eso no lo podré tolerar si me quedo a vivir aquí.

—¡Ay abuela!, a ella le gusta eso. Nunca se ha defendido, lo apoya en todo.

—Mira, nunca más vuelvas a decir eso, no la culpes. Tu madre hace todo lo que Agustín le dice, porque desde niña siempre fue demasiado sana y zángana y… para su mala suerte, calló en las manos de un Mmmm…

Como abuela sazonó esa «M», arrugando sus labios más de lo que los tenía, supe muy bien que quiso decir: Maldito. Pero no se atrevió a terminar la frase.

—Tu padre se ha aprovechado de eso –continuó–. Mira, de seguro por eso ella no te defiende en cuanto a ese novio.

—¡Quiero irme a vivir contigo, abuela! –le repetí.

—No te dirán nada, te lo aseguro. Conozco tu situación, mientras tu novio esté en buena con tus padres, de aquí no te van a despedir con esa barriguita –me aseguró mientras acariciaba las puntas de los cuatros dedos de su mano derecha con el pulgar.

—¿Usted cree, abuela?

—Ya verás, confía en lo que te digo y no te preocupes por nada, que le hace daño a la criatura.

—Abuela ¡quédate a vivir aquí entonces!, así me sentiré más tranquila, yo te ayudaré a tolerar a papá… no le hagas caso… él no cambiará nunca.

Mi abuela se quedó a vivir con nosotros, pero regresó a su casa antes que se acabara la temporada.

Creo que abuela se equivocó. Creció mi vientre, ya se notaba. En casa se habían celebrado seis bodas, faltaba la mía, y seguía ahí. Ya tenía un niño y otra venía en camino. Mis padres me lo reclamaron y le daba sus razones. Así que lo que abuela había dicho no tenía validez en ese momento.

—Margot habla con Ela, pero rápido. De lejos se nota que está embarazada y de aquí a que vuelva el Béisbol, la gente se pondrá a hablar; dirán que la dejó aquí sola con esa barriga.

—Quien debería hablar con él eres tú, ya que fuiste quien le dio tanto puesto.

—¿De qué estás hablando…? Mira, desde que esté al teléfono me lo dices, que las cosas no son como él se cree.

Ellos tenían sus razones en lo que decían, pero yo tenía la mía muy personal y profunda. Pretendían que lo considerara un Don Juan, tal como ellos estaban empeñados en creerles a ese Béisbol manipulador.

Papá habló con el Béisbol. Él me mandó a vivir con sus padres y hermanos hasta su regreso. En ese lugar pasé los peores momentos de mi vida. Llegué a una celda de leones furiosos y con problemas mentales; donde me miraban y trataban como a una Cenicienta cualquiera. Cuando me quejaba, él sólo me decía que todo lo que ellos me dijeran yo tenía que obedecerles; que ellos eran su familia y que también tenía que ganarme su voluntad.

La reina de Los Oscuros

Los Oscuros eran altos, fuertes y de voz áspera. No conversaban, gritaban. Vivían ahí como manadas. Ninguno trabajaba ni estudiaba y siempre estaban peleándose entre ellos y haciendo alardes de su autoridad. Su madre, la reina de Los Oscuros, era una señora que siempre estaba molesta; creía mucho en los hechiceros y tenía una forma de hablar desenfrenada. Era de poca altura y de poca cabellera. Llevaba todo el tiempo un pañuelo negro amarrado en su cabeza. Siempre se quejaba de que el Béisbol no le daba todo lo que ella quería, aunque era todo lo contrario. Lo dominaba todo. Su mirada intimidaba; no dejaba que nadie la mirara más de un segundo pues daba miedo y cuando daba una orden inmediatamente Los Oscuros le obedecían. El día que el Béisbol me la presentó y le dijo que me quería, ella me aceptó y mostró su mejor cara. Pero luego él, distraído, no percibió con la cara amenazadora que me miraba. Enseguida supe que no le caí bien.

La reina de Los Oscuros vivía en una casa enorme que el Béisbol le construyó. Tenía un inmenso patio lleno de árboles y arbustos; también algunas casitas de aspecto deteriorado donde vivían otros de Los Oscuros.

La casa poseía una atmósfera muy extraña. Siempre se alcanzaban a ver luces toda la noche; también unos perros negros realengos que siempre estaban como en guardias por ahí. Ella entraba muy a menudo a una casita que se mantenía cerrada y a la cual solo ella podía acceder. Yo sentía mucha curiosidad por saber lo que había dentro. Una noche no aguanté y la seguí. Ella caminó entre los arbustos que había que cruzar para llegar a esa misteriosa casita. Continuó sigilosamente, pisando en la puntitas de los pies. Se volvió en varias ocasiones con una enorme vela en la mano; yo me escondí detrás de los árboles. Siempre mantuve una distancia que me permitiera maniobrar y quedar fuera del alcance de la luz de aquella vela.

El ruido de unos pájaros al verla acercarse, hizo que duplicara la distancia y pensármelo dos veces antes de continuar. Una vez la Reina estuvo dentro, decidí acercarme más, quería ardientemente saber quién vivía ahí: *«¿Será que uno de los oscuros es anormal o tiene algún defecto y lo tienen encerrado?»*, reflexioné, *«tengo que saberlo»*. Mi curiosidad mató el miedo que le tenía a la Reina, al ruido alborotado de esos extraños pájaros y a la oscuridad que cubría todo a mí alrededor. Continué y me asomé entre las ranuras de aquellas maderas viejas. Noté que habían muchas cerámicas en forma de personas, algunas lucían muy malas y otras normales, como santos o ángeles; entre ellas una que figuraba el lanzamiento de una pelota… ¡Sí, era un pitcher! Tenía una corona negra en vez de la gorra normal. No entendí nada en ese momento. Nunca había visto nada semejante. De hecho, solo reconocí una imagen. Esa que mamá me había dicho desde niña que era tan buena: la Virgen de la Altagracia. Pero no sé por qué estaba ahí. Ese lugar no se veía adecuado para ella.

También había muchas velas negras y rojas colocadas en fila cerca de las imágenes. La Reina subía y bajaba sus manos delante de todos aquellos muñecos y fumaba un puro. Empecé a sentir miedo. Los perros se me acercaron pero me extrañó que no me

                                                    Elizabeth Valdez

ladraran. Un sonido repentino en los alrededores activó sus ladridos. Ella fijó su mirada en la ranura a través de la cual observaba. Sus ojos rojos me espantaron. Salí corriendo. La Reina me escuchó, pues no pude reprimir un grito de espanto.

Pensé que no me había visto. Estaba segura que por esa ranura no me podría ver. El grito me delató. Ella salió, pero yo ya estaba lejos. Ya en mi cuarto y repasando mentalmente todo el episodio, me creí a salvo. Había satisfecho mi curiosidad por saber qué había ahí. De repente tocaron a la puerta. Era ella. Muy enojada y con una voz aterradora que hizo vibrar la puerta y todos sus seguros:

—¡Ela!... Sé que estuviste observándome y eso no me gusta. Mañana sabrás lo que hago. Me acompañarás en la noche cuando estén todos dormidos… Pasaré por ti.

No contesté ni media palabra. Me hice la dormida. Todo mi cuerpo temblaba y mis dientes chocaban rápido; no dormí en toda la noche. Al amanecer todo fue normal. La Reina no habló de eso para nada. Todo ese día hubo mucho trabajo en la casa y yo acabé agotada del cansancio. Me quedaba dormida limpiando y organizando, debido a que la noche anterior no cerré los ojos.

La reina de Los Oscuros solía tener enfrentamientos con sus vecinos y muchas veces terminaban enemigos. Uno de ellos tenía un solar que hacia patio con una enorme granja donde la Reina criaba diferentes animales. Ella le pidió que les permitiera pasar por ahí porque así se acortaba el trayecto. El vecino se negó porque ese cruce afectaría sus siembras. Eso dio inicio a una guerra. La Reina estaba muy furiosa; se creía que todo el mundo debía obedecerla.

En esos días su pelo escaseó aún más. Fumaba como murciélago y se notaba todo el día inquieta. Una semana más tarde todo el campo estaba de luto, pues había ocurrido una tragedia horrible:

una joven tuvo un accidente y quedó molida entre las gomas de un camión. No mucho después de finalizar los rezos de aquella joven, su abuelo murió por una extraña explosión que hubo mientras trabajaba: era el vecino. La pena de aquel campo se sentía hasta en los perros que callejeaban; todos estábamos de luto y muy tristes.

—Mira como son las cosa –comentó–. Ese pobre hombre cuidando un simple camino; ahora no podré pasar yo, pero tampoco él. En este mundo no se puede apegar uno a nada, Ela… ¡Apréndete esa lección!

Abrí mis ojos como dos faroles y entendí la amenaza anterior. Me aparté de ella al instante y me fui a pedirle a Dios por esas personas, pues todas las tardes se reunían a pedir por sus almas en oración.

Me llegó a la mente un pensamiento que me decía: «*Vuelve, vuelve ahí, Ela*». No entendí muy claro, pero imaginé el lugar a que se refería. Pero esa noche yo juré que no volvería a ese lugar. Seguí orando por mi consentidor, sentía pena con todo y mi embarazo. Aquel vecino que había muerto era un amor conmigo y mi barriguita. Yo decía *«¡qué mango más lindo!»*, y al momento ya estaba entre mis manos. Todos mis antojitos me aseguraba pedirlos cerca de él, para que los escuchara.

Entonces, algo muy claro me sacó de aquella duda. Esa misma noche soñé que ese señor y yo caminábamos entre los arbustos y debajo de un gigantesco árbol de limoncillo me frenó: *«Ela, espera»*. Al momento tumbó un ramito repleto de ese fruto. De aquel árbol emanó una luz *«¡síguela!»*, escuché esa voz y, al mirar a mi lado, él ya no estaba. La luz parecía la de un cocuyo, pero era mucho más grande. Ya estaba cansada de perseguir la luz, cuando descubrí que me guio hasta aquella misteriosa casa.

Desperté asombrada de aquel sueño; era muy extraño lo que me estaba pasando, porque cuando me dijeron *«vuelve, Ela»*, no

 Elizabeth Valdez

estaba yo dormida, sino en oración. El sueño no fue ninguna coincidencia.

Aguanté unos días a que la Reina viajara al pueblo. Ese día no esperé a que cayera la noche para atreverme a ir al lugar. Una vez allá, quise forzar la puerta pero no cedió. Busqué por todo su alrededor hasta que encontré un resquicio por donde pude mirar mejor que la primera noche. ¡Dios mío! Mi corazón latía muy fuerte; se quería salir de mi pecho. Lo que vi, lo que pensé, me dejo fría y pálida. Mis piernas no podían dar un paso, estaba en shock: sobre aquella mesa llena de velas y muñequitos extraños, se encontraba la foto de aquella joven y, al lado, la de su abuelo. Casi colapso cuando vi que una foto mía también se encontraba expuesta en esa siniestra galería. *«Seré la siguiente víctima… ¡Dios mío!, ayúdame a salir de esta casa»*, fue mi único pensamiento. Mi mente estaba que no sabía qué hacer, la desesperación era agotadora. Le pedí a aquel señor en oración que me ayudara a escapar de ese lugar.

La agonía duró hasta que un día ya no pude más y llamé a mi madre para que me fuera a rescatar; que por favor si aún quería ayudarme podía hacerlo ese día; que si para sufrir tanto fue que me trajo al mundo, yo no lo toleraría más, pues de no ser así, ya por mi mente pasaba la solución definitiva: ¡el precipicio del barranco! Si ella no llegaba sería porque yo no le interesaba y así olvidaría la preocupación de que sufriría por mí si me suicidaba.

Eran las nueve de la noche, el campo donde Los Oscuros vivían quedaba muy lejos; muchos montes y árboles dividían una vivienda de la otra; estaba a muchos kilómetros de mi casa, además, tenía miedo de salir embarazada en moto que era el único transporte que me podía llevar devuelta a casa. Tampoco ellos me dejarían salir. Mi madre fue a buscarme en un taxi. Tenía el corazón en la boca. La Reina le dijo que tenía una hija muy trabajadora y que su nieta, cuando naciera, sería de ella. A lo que mi madre respondió: *«Así será si su hijo quiere… pero mi hija se va conmigo, mientras nace su nieta».* De camino le conté todo lo que hacían ahí conmigo. Ella estaba destrozada pero aún apoyaba al Béisbol. Dijo que las suegras, en su mayoría, eran así. Me aceptaron devuelta en casa. Él seguía insistiendo que me amaba; que lo perdonara; que todo cambiaría; que nos casaríamos y ya lejos de su familia estaríamos mejor; que me llevaría a los Estados Unidos; y que todo sería diferente.

De esa manera vivía manipulándolo todo, mientras, crecía mi criaturita, bajo la presión, humillaciones y acusaciones, y de todo lo que les daba la gana inventarse Los Oscuros, que ya se habían convertidos en mis peores enemigos. No aceptaban mi relación con él, ni querían que se responsabilizara de mi embarazo. Eso empeoró la situación, porque ahora los maltratos venían de ambas partes. Decían que yo era una aprovechada, una oportunista; que le había quedado embarazada para luego ponerle una demanda y quedarme con su dinero; que ellos en cambio eran su sangre; que todo el dinero que él mandara lo guardaría para hacer buenas inversiones.

A pesar de todo, cada día su obsesión crecía con más fuerza, lo mismo que sus celos, más enfermizos, si se quiere, de lo que eran cuando empezó. Y en medio de todo eso, muy pocos momentos de supuesto amor, de decirme que me amaba, que yo era su vida, su mujer, en fin... Yo simplemente estaba a su merced, solo rogándole a Dios que la temporada de béisbol no terminara, pues con él lejos, solo tenía que escuchar sus insultos por teléfono, sin tener que vivir las violaciones que era lo que sentía cada vez que me tocaba, después de excitarse con mis sufrimientos. Una lágrima mía funcionaba como el más efectivo estimulante sexual, dando

                                    Elizabeth Valdez

inicio a mi destrucción emocional. Mi autoestima estaba a la altura de un zafacón.

Sus victorias eran más y más anunciadas. Todo el país estaba orgulloso de aquel Béisbol dominicano en Grandes Ligas que estaba poniendo nuestro país en alto. En los periódicos su nombre aparecía en primera plana y los narradores por los medios deportivos hacían alardes de él, mientras yo aún vivía arrimada en la casa de mis padres; destrozada. La verdad no entendía como, si estaba triunfando tanto, podía propinarme tanto dolor y tratarme tan mal. Cuando él llamaba a Los Oscuros para contarle de sus éxitos, ellos lo bloqueaban con mil y una calumnias sobre mí, para que aquella fortuna que se estaba ganando nunca beneficiara ni a mí ni a su niña. Ellos creían ser los únicos con ese derecho. Yo, enfrentando mi embarazo a puros golpes emocionales y con lo más mínimo que económicamente pudiera sostenerme, me mantenía en pie; con la fuerza y coraje de saber que algún día todo pasaría.

Terminó esa temporada y a su regreso una linda niña lo esperaba, pero una mujer llena de dolor prefería que las temporadas de béisbol fueran eternas. Desde que llegó papá se sentó a conversar conmigo:

—Ela, es hora de que le exijas a tu esposo que te busque una casa. Ya su familia está creciendo y sabes muy bien que ante la sociedad esto no está bien. Tus hermanas han salido todas vestidas de blanco y mira… tú sigues aquí en esas condiciones.

Sentí un peso en el estómago; una sensación extraña. Era como si me hubiera tragado un pedazo de piedra. Me sentí como la oveja negra de la familia. No pude creer lo que estaba escuchando, aunque acepté que era lo mejor. Lo primero que me llegó a la mente fue: «*Sería que el Béisbol ya no está en buenas con mi padre*». Un nudo en mi garganta no permitió que saliera ni una palabra de mi boca; en cambio, las lágrimas de mis ojos rodaron libres. Mis padres hablaron con él y le dijeron que ellos sabían que él me amaba y que lo mejor era que buscáramos otro espacio para vivir juntos y seguir con nuestra familia.

Bueno, eso solo por unos meses. Pronto empezarían los entrenamientos, lo cual me quitaría un peso de encima. Cada vez que él se marchaba, mis manos imaginariamente batían las porras más bulliciosas, y mi corazón se llenaba de un poco de alegría. Ese mismo año, en cambio, habló con su abogado para ver cómo podría llevarme a los Estados Unidos y así poder acompañarlo en las temporadas. De esa manera, el placer de sus ausencias quedaría atrás, pues ahora estaría allá; las porras las haría encima del *dugout*, en vivo y directo, en coro con las de esas rubias y delgadas porristas.

Me prometió que las cosas cambiarían cuando me fuera con él; que se sentiría más seguro y tranquilo si lo acompañaba en sus *road trips*. Pero ese no era mi consuelo, ni me satisfacía su idea. Lo único que no quería era seguir con él; cosa que ya se había puesto cada día más imposible.

 Elizabeth Valdez

La boda sin pastel

Compramos una casa en el pueblo, muy cerca de mis padres y ahí nos quedamos hasta que saliera mi visa. Para poder conseguirla, necesitábamos estar casados y por ese motivo se hizo realidad mi boda. Solo que en ella no hubo brindis, ni trajes, ni flores, ni siquiera un diminuto pastel al fondo de la pared; ni muchedumbre… solo dos familiares: papá y mamá y un testigo. Los padres del Béisbol no aceptaban esa unión y no lo acompañaron.

Esa mañana, un abogado llegó acompañado de uno de sus hermanos. Me dijo bajo qué concepto se realizaría el matrimonio. Nos casaríamos bajo la ley de bienes separados. *«Firme aquí»*, dijo el abogado. Estaba con Julieth en brazos y aún en piyamas, solo pensé en mi niña: *«Siento mucho haberte traído al mundo en una familia tan perversa y egoísta».*

Fue la mayor humillación que había sentido como mujer, pues no entendía porque si yo había dejado mis estudios, mi trabajo; dejar de realizarme para seguirlo, tampoco merecía sus finanzas. La verdad, me atraparon de sorpresa y firmé.

Luego llamé a una de mis hermanas y le consulté lo sucedido. Ella me dijo que hablara con él; que se lo explicara así. Lo esperé. La noche anterior había amanecido donde sus padres, al llegar lo enfrenté; le dije todo lo que creía de eso; que era muy injusto; que teníamos una niña. Enseguida subió su alta y atormentada voz diciéndome: «*¡Ladrona!: solo quieres mi dinero, si me quisieras me aceptarías así y no dijeras nada… ¡Cállate y no me expliques nada más!*».

Estaba claro que yo no lo quería ni a él ni a su dinero; que las cosas no se estaban manejando a mi conveniencia desde hacía mucho tiempo y pensé que por lo menos si conseguía una visa, podría un día volar lejos de él, pero cada día me quedaba más sumisa. Y a mamá, ¿para qué contarle nada?… Si eso de *la oveja mansa se mama su teta y la ajena* me había inhabilitado para enfrentarme a él. Cada vez que me lo decía sentía como quedaba sin brazos y hasta sin cabeza para defenderme. Lloré toda la mañana. Más tarde su hermano, que también me acosaba y se me insinuaba, me susurró al oído que ya podía casarme, pues ellos ya no se meterían más conmigo: «*Bueno, ya firmaste lo que queríamos*», añadió burlándose. La jueza llegó a la casa y se hizo todo muy rápido.

Cuando todo pasó, mis padres se fueron y el Béisbol también. Yo me encerré en mi cuarto a seguir llorando. Me sentía tan mal porque recordé las bodas de mis hermanas, lo diferentes que fueron: lujosos trajes, pastel, toda la familia, invitados, etc. Pero luego pensé que en la mía no había nada que celebrar. En unos meses se arreglaron los papeles, fuimos al consulado y me dieron la visa.

                    Elizabeth Valdez

La noche del chivo

Esa noche nos preparábamos para disfrutar de una cena especial. Un empresario del pueblo quería ayudar al Béisbol y asesorarlo sobre como manejarse bien: expresarse, invertir, negociar, etc., y preparó una lista de invitados, entre ellos Los Oscuros, sus esposas, el Béisbol y yo. Al llegar a la casa, empezaron las copas a sonar *klin-klan*. El empresario era un hombre inteligente, sociable y elegante. En mi opinión era lo que en verdad el Béisbol necesitaba. Pero a Los Oscuros la idea no le gustó para nada. Querían dejarlo ser siempre un ignorante, así podían tener control sobre él y dirigir las cosas a su manera. Ese día fue horrible y desagradable para mí. Carlitos apenas tenía cuatro años y lo llevé a compartir. El empresario también tenía niñas de su edad y podían jugar. Decidí en cambio dejar a Julieth; solo tenía unos meses.

El chivo estaba a medio cocinar y todos empezaron a interactuar. Los amigos del empresario y él hablaban de temas sociales, pero Los Oscuros y el Béisbol de lo único que hablaban era de lo malas y poco importante que éramos las mujeres en el hogar. Al parecer era de lo único que sabían comentar, haciendo el ridículo afirmando que los hombres tenían que dominarlo todo. Su machismo me ardía cada segundo. A medida que el whisky se vaciaba, entre un trago y otro, más ordinaria y absurda devenía la conversación. No lo soporté y salí. Algo me gritó que me fuera de allí.

Salí caminado con Carlitos de mano. Nos dirigimos a la casa. Vivíamos a unas cuantas cuadras. El Béisbol me siguió; no soportó que me marchara, sus conversaciones eran precisamente para eso, para avergonzar mi auto estima; quiso que escuchara todo. Me gritó que me devolviera. Yo seguí caminado. Sentí que sus pasos me alcanzaban. Continué hasta que sentí el impacto de un puñetazo. Me dolió como si hubiese empleado la misma fuerza con que lanzaba la pelota. Por suerte no se lo pegó a Carlitos, que iba a mi lado apretando con fuerza mi mano, ya que al escuchar que venía detrás insultándome, se asustó y puso nervioso. Me agarró el otro brazo. De los dos no sabía cuál me apretaba más duro: uno con la fuerza del miedo y la impotencia, y el otro con la de la violencia y autoridad que sentía sobre mí. Nos devolvió.

Yo llegué gritando a la mesa. Carlitos solo me miró y su carita inocente se llenó de tristeza. Me dijo que no quería estar ahí y le dije que volviera a jugar con las niñas, que pronto nos iríamos. Se le salieron dos lágrimas: *«Ve, regresa con las niñas a jugar, estarás bien»*, le susurre al oído. No quise comer del chivo; sabía que me iba a caer mal, además, la angustia no me dejaba ni abrir la boca. Pero en honor al empresario, que toda la noche fue tan gentil, y muchas veces contradijo la ignorancia de Los Oscuros, tratando de que no la pasara tan mal, decidí comerlo. Solo un bocado; el resto lo arrojé debajo de la mesa sin que nadie lo notara. Me adapté al ambiente hasta que le diera la gana de terminase todo el whisky y me llevara a casa, ahora con insultos embriagados; que me estamparon el maldito color morado oscuro que había presenciado en la piel de mi madre: había llegado el momento de verlo en la mía.

El empresario quería ayudar. Sabía que a esa familia le había llegado una gran suma de dinero, y que sus miembros no hacían otra que ver al Béisbol lanzando la pelota. Ninguno tenía preparación académica y el empresario comprendió que así mismo lanzarían el dinero. Pero nadie iba a impedir que esa familia, que toda la vida se había cohibido hasta de comer y vivir humanamente, ya que era muy pobre, disfrutara de ese dinero con la mentalidad que tenía. Lo disfrutarían al máximo y sin ninguna consciencia de a donde irían a parar. Nadie les iba a decir qué hacer o no con un dinero que enseguida creyeron inagotable. El empresario organizó esa cena para iniciar su trabajo con el Béisbol, pero la ignorancia de Los Oscuros empezó a maquinar la forma de apartarlo de él.

Entre el inglés y el español

Inició otra temporada y ya con mi visa en manos, le seguí los pasos. Los primeros tres meses de entrenamientos fueron en Arizona. Hacia un calor infernal, nunca había experimentado un clima tan caliente; donde el viento, en vez de refrescar, quemaba. Pero eso si, la tranquilidad era lo mejor de esa ciudad. Allí llegamos a vivir con una familia méxico-americana que nos rentó una habitación. Era la casa de su contable de entonces, Marcos, de nacionalidad mexicana, y su esposa Andy, de California. Una señora muy humilde y con un gran corazón. Fue la primera en ofrecerme su amistad. Solo había un problema: su español era corto y mi inglés era cero. Así que entre señales y adivinar lo que tratábamos de decirnos interactuábamos muy poquito, pero con gusto y, entre risas y señas, el inglés y el español se burlaban entre sí, por lo mal pronunciado que se escuchaban en nuestras conversaciones.

Todos los días, en las mañanas, se sentada en una mesita a recortar muchos cuadritos que salían en el periódico.

—¿Qué haces con esos recortes, Andy? –le pregunté como pude, por curiosidad. Nunca había visto a nadie hacer eso y con tal dedicación como lo hacía. Intuí que era importante.

—These are discount coupons.

—Ok, ok… Déjame ver si te entiendo –los observé–. ¡Ahhh, ya!… te hacen descuentos con esos papelitos –y una carcajada nos relajó el momento. Pero lo encontré extraño. A mi entender su esposo ganaba mucho dinero trabajando para diferentes peloteros; les llevaba la contabilidad y le iba muy bien. Ese tipo de cupones, cuando íbamos al súper a comprar, noté que los llevaban los ancianitos y personas que por su vestimenta era evidente que eran de muy pocos recursos.

Andy y yo siempre salíamos de compras juntas. Pedíamos dinero a ellos que casi siempre estaban juntos. Mientras el Béisbol me daba cien dólares, a ella le pasaban diez por así decirlo, muy envueltos, como evitando que se supiera cuanto le dio. Pero ella me tenía confianza. Dentro del vehículo me los enseñaba y así salíamos. Ella tenía que usar ropas que ya estaban fuera de temporada; tenían tres o cuatro precios, unos encima del otro, reflejo del número de veces que habían sido descontadas; su moda ya había pasado tres estaciones del año, pero al final el precio era fabuloso y se ajustaba a la cantidad con la que contaba.

Entendí que debía usar aquellos cupones por esa simple razón, para rendir la miseria de dinero que le daba. Un día me confesó que estaba harta de la mezquindad de Marcos, pero que lo amaba mucho, y que prefería hacer trabajos extras para ayudarse: cuidaba niños a sus amigas y hacia *cup keis* y los vendía. Yo la valoraba mucho, era una buena mujer y buena amiga, ese hombre no se la merecía: a mí nunca me cayó bien ese tipo.

Aconsejaba al Béisbol abrir cuentas bancarias en común para cubrirle los gastos, para que él no tuviera que preocuparse por nada: pago de todos los servicios que él usaba y todo lo que le mandaba a sus familiares, también mis gastos, él tenía todo el control. No me gustaban sus sugerencias, pero el Béisbol lo hizo así. Luego me enteré por alguien que un pelotero lo quería

                    Elizabeth Valdez

demandar por muchas faltas de pago, que él supuestamente había pagado.

A un mes de la llegada, mi comunicación familiar más frecuente era con mi hermana Mercy, que vivía en New York. La llamaba casi a diario, pues me sentía tan sola y tan lejos de los míos que esa llamadita era para mí de gran conformidad. Conversábamos de todo un poco y de lo que pasaba en nuestro círculo familiar, hasta que el Béisbol se dio cuenta y un día —lleno de rabia y celos de que yo le dedicara tiempo a mi hermana—, empezó a insultarme; me preguntó enojado que de qué se trataba tanto hablar; que subiera rápido a nuestro cuarto que necesitaba que yo le quitará sus zapatos. Nunca me había pedido algo así. Colgué y enseguida subí. Cuando entré cerró la puerta y comenzó a zarandearme con sus fuertes brazos. La niña se encontraba en la cuna y despertó. Él me estrelló contra la pared. Lo que evitó que terminara más lesionada, fue su material de construcción, una especie de cartón. Sonaban huecas. Luego me arrojó al piso.

La niña empezó a llorar. Observaba aquella escena de maltrato con unos ojitos llenos de miedo. Al mirarla me llegó todo el CD de mi niñez. Muy rápido, estaba cerca del teléfono, marqué al 911; no lo pensé dos veces. Sabía que llamando a ese número me podían ayudar. Cada llamada era efectiva. Solo tenía unos días de llegar y sabía que podía llamar ante cualquier situación de peligro o emergencia. A los dos o tres minutos llegó una patrulla de policía. Me di cuenta porque las luces rojas de sus faroles se filtraron por las ventanas. Me asusté mucho; no creí que llegarían tan rápido. Tampoco era para eso: solo quise amenazar al Béisbol. Colgué enseguida, ni llegué a escuchar a la operadora, pero ahí estaban. Marcos –que había escuchado muy claro los gritos y empujones que salieron de la habitación–, intentó ocultarles todo cuando el timbre sonó:

"Good night."

"We received a call from this direction; we want to know if it's all right."

"No… I assure you that it wasn't here."

"You're alone here? If there're more people in the house, we want to talk to them."

Andy se encontraba en la cocina, preparando la cena; salió en mi defensa:

"Hello officer. There is a couple who lives with us; they're in their room… I'll warn them."

Andy sabía muy poco de lo maltratos que el Béisbol me infringía, no tenía yo la capacidad de hablar un tema tan profundo en inglés, un idioma que apenas estaba empezando a practicar con ella. Además, creo que no le hablaría de eso. Pero como toda mujer, sus instintos no le fallaron, y creo que también había escuchado la discusión y quiso ver como me defendía. Se imaginaba por lo que yo estaba pasando. Tocó la puerta con insistencia y con fuerza, como para que el Béisbol entendiera que tenía que abrir de inmediato.

"The police is here.", anunció con autoridad; como si ella fuera la oficial.

El Béisbol me agarró por el cuello enseguida y me apretó mirándome fijamente a los ojos: *«Si hablas te mato»*, me susurró tan bajito que apenas lo escuché. Abrió la puerta. Bajé las escaleras y actué. Lo oculté todo y dije que la niña estaba jugando cerca del teléfono y pudo marcarlo. El oficial no me creyó mucho y luego me dio una mirada indicándome hacia el Béisbol que bajó detrás de mí, en espera de que una señal mía le comprobara que sí sucedió algo. Al notar mi mutismo, un gesto mío le afirmaría lo que sospechaba, pero sin que el Béisbol se diera cuenta de que lo estaba delatando. Pero con esa amenaza trabajando en mi mente, preferí fingir. Con una amable sonrisa le dije al oficial:

 Elizabeth Valdez

"I'm fine officer.", ya me había aprendido esa expresión en inglés.

Recuerdo que desde que llegué a los Estados Unidos, lo primero que me vino a la mente fue tratar de ver cómo podía comunicarme con Esteban. Ese momento de agresividad del Béisbol me hizo recordar lo distinto que hubiese sido la vida a su lado.

Él visitaba a Mercy y ella sabía de él. Así que le pedí que me diera su número.

Entonces nos conformamos con hablar por teléfono y darnos todo el cariño posible por ese aparato que nos calentaba el oído y excitaba nuestros cuerpos, hasta poder sentir que todavía nos queríamos. Fue la primera vez que lo experimenté. Me di cuenta de las maravillas que podían hacer las palabras intercambiadas entre ambos por medio del celular, que era el único testigo, ante esa «infidelidad móvil», como le apodé. Nos decíamos tantas cosas que podía sentir que estábamos haciéndolo en la misma cama, y que era él quien me acariciaba, mientras yo me tocaba.

Luego de un tiempo ya no pude hacerlo más. Me asusté un día que el Béisbol revisó mis llamadas, por lo que sentí pavor de volver a llamarlo. Él cambiaba mi número con mucha frecuencia, tratando de que nadie me localizara, en especial Carlos, del que más temía: siempre creyó que era Carlos el que me ponía a pensar lejos. Carlitos nunca pudo hablar con su padre mientras estuvimos en Estados Unidos. Me lo prohibió rotundamente.

Hasta que un día se dio cuenta de todo: era la boda de Jorge, su hermano y mi mejor amigo. Jorge y su novia me eligieron a mí y a Esteban de padrinos, pero el Béisbol y la novia de

Jorge se conocían. Al parecer ella dijo cosas que lo enfurecieron mucho y amenazó con hacerme pasar una vergüenza si aceptaba. Yo renuncié y desde entonces nunca más volví hablar con Jorge.

                                        Elizabeth Valdez

Un maniquí de compras

Por mucho tiempo los maltratos se concentraron en que ahora yo era su enemiga porque llamé al 911. Luego fue dejando de agredirme. Cada vez que empezaba o trataba, lo amenazaba con llamar otra vez y que no negaría nada. Pero los maltratos psicológicos eran para mí peor, porque esos golpes, aunque no fueran visibles, me hacían un daño más profundo. No podía descifrar hasta qué punto me había golpeado; qué tomar o qué ungüento untarme para bajar esa hinchazón que me ocasionó en el alma.

Cuando acabó la temporada de entrenamiento nos fuimos a Anaheim, California, donde era su contrato de firma. Una ciudad hermosa, llena de personas agradables y un tráfico que daba placer manejar. Enseguida me vi entusiasmada. Ya Andy en Arizona me había dado unas prácticas y saqué mi licencia. Tenía que salir a los centros comerciales a comprar lo que me hacía falta, porque ya mi amiga no estaba tan cerca y el Béisbol siempre estaba muy ocupado.

Anteriormente vivía con Angie cuando llegaba de Arizona, una señora que lo ayudó mucho en su primer año de firma. A ella, más que amiga, la sentía como si fuera mi madre. Con ella sí que hablaba de todo. Era mexicana y nos entendíamos bien, solo que cuando decía *«a la chingada»* yo me ponía roja de la vergüenza.

Era una palabra muy fuerte, creía yo, hasta que la hice costumbre. Entablamos un fuerte lazo de amistad; era un amor con mis hijos y mi paño de lágrimas. También esta señora se empeñaba en que el Béisbol cambiara su actitud conmigo. La verdad, las cosas mejoraron un poco, en todo los sentidos; empezó a darme dinero y yo en aquella plaza enorme, pasaba partes de mis días entre compras y restaurantes con mis dos hijos, y casi siempre con Angie.

Allí empecé a vestir mi dolor y maltratos bajo las finas telas de aquellos grandes diseñadores que llenaban las vitrinas de las mejores piezas y la tentación de entrar a comprar no me fallaba. Entraba y compraba hasta lo innecesario. Que lindo empezaba a pintarse entonces mi presente en esa ciudad. Muchas veces, el cochecito donde llevaba mi niña se volteaba para atrás lleno de *shopping bags*; no aguantaba más carga y se salía todo y Angie siempre trataba de controlarme:

—Pero Ela, trata de no gastar tanto en ropa, pues sabes que no siempre te da dinero –me protestaba.

—¡Ay, Angie!, con esto me siento bien… La verdad cuando compro siento un placer inmenso; es lo único que me aleja de los sufrimientos que me hace pasar el Béisbol. No tomo, no fumo, ni tampoco tengo amigas para salir a divertirme un rato… Déjeme, por favor, no me lo impida; es mi único escape.

Pero Angie no se cansaba de decirme que ahorrara; que algún día yo dejaría al Béisbol y que lo mejor era que me preparara económicamente. No sé por qué lo decía, creo que Angie era medio adivina, porque yo sí lo pensaba, pero para mí era como pasar un camello por el ojo de una aguja.

Se convirtió en una adicción. No había día en que no tuviera esa ansiedad de ir de compras. Al Béisbol le encantaba todo lo que yo elegía y él también me acompañaba en sus tiempos libres y me ponía a elegir su vestimenta. Cuando no podía acompañarme

     Elizabeth Valdez

me decía que le fuera a comprar ropa, me daba dinero para que le comprara de los mejores diseñadores. Le gustaba lucir muy bien y apostaba a mi buen gusto. Había una marca que se convirtió en la preferida entre los jugadores. Los catálogos de esa fina marca llegaban al *dugout* y cada uno elegía algo, así evitaban tener que ir a la tienda. A la casa llegaban esas finas carteras que era lo que más le gustaba regalarme. El Béisbol siempre se aparecía con una junto a unas hermosas flores cuando quería agradarme y enmendar las cosas con las que me había hecho llorar mucho. En verdad, Louis Vuitton fue mi paño de lágrimas en muchas ocasiones. No negaré que me gustaban esas carteras. Su piel era hermosa y su aroma perfumaba mis sentidos, las hice parte de mí y de mi vacío. Tampoco ellas tenían la culpa de nada.

Terminó la temporada y el viaje a mi país nos esperaba. Unos días antes llamé a Angie. Necesitaba que me acompañara al *South Cost Plaza* para comprar cosas que me faltaban y algunos regalos para llevar a mis familiares. Estando ahí lo primero que llegó a mi mente fue: «*¿Dónde voy a salir de compras?*».

—Angie, en mi país no hay estas inmensas plazas, y además no tendré tu grata compañía para ir; no quiero regresarme.

—No me salgas con esa chingada Ela, que no me has entendido. Ahorra, ya verás que tendrás que salir del Béisbol y debes prepararte.

—Es que creo que nunca podré liberarme.

—Claro que si hija, tú nomás espera y ya verás; nomás que por favor llévate de mi consejo: ¡ahorra!, para que te puedas independizar. Ela, no sabes cómo podrás seguir con esta relación… Llegará el tiempo que eso no te llenará y no quiero que caigas en otro vicio que sea peor. Sabes que te quiero, Ela.

—Yo también la quiero mucho. ¡Te extrañaré mucho, Angie!

De vuelta en la casa hice mis maletas y empaqué todas esas bellas ropas que me había comprado durante la temporada. Creo que eran doce entre todas. La adicción era fuerte pero aún yo ni sabía. Llegamos y ya teníamos una casa donde estar con nuestros hijos y pasar esos cuatro meses tranquilos. Eso creí. A los pocos días llegaron Los Oscuros a cuidarlo y a ser su seguridad personal, ya que como habíamos ganado la Serie Mundial y el dinero y la fama se hacían notar, ellos alegaban que debían estar ahí… cuidándolo. Sí claro, cuidaban de ser los administradores de todo el dinero que él manejara y, obviamente, de acabar con mi tranquilidad emocional.

Día tras día estaba que me hacía la loca. El Béisbol solo escuchaba sus sugerencias al momento de hacer algo que prescindiera de mi opinión. La presión de Los Oscuros era insoportable. Me encerraba en mi habitación, abría mi closet lleno de fantasías: zapatos, carteras, vestidos y joyas, llenaban mi ansiedad; eran un calmante a mi estrés. Pasaba horas probándome aquellas ropas que me hacían creer que estaba de compras, y escondía mi dolor y mi angustia tras ellas. Aunque muchas veces, ahogada en llantos, las abrazaba y las manchaba de rímel y labial con el derroche de lágrimas que de mis ojos salían. Pero esos dos últimos eran aliados de mi rostro; no lo dejaban reflejar la tristeza a flor de piel. *«Ustedes no son mi salida»*, les expresaba silenciosamente, *«si lo fueran, no lloraría tanto al lado de ustedes; me causarían alegría y no tristeza»*. Entonces, volvía y las enganchaba en el closet.

Elizabeth Valdez

La Serie Mundial

La Serie Mundial. Ese año fue el más satisfactorio para el Béisbol. *«Lo logré»*, me dijo. Estaba orgulloso de lograr todo lo que quería en la vida, me confesó: el anillo de la Serie Mundial, yo como su esposa y su hija. Pero quería un varón: el gran anhelo de un pelotero.

Su carrera estaba en su mejor etapa. Sus lanzamientos eran exitosos uno tras otro. Al finalizar el 2002, ya el trofeo de Serie Mundial estaba en nuestras manos. Julieth el Béisbol y yo, posamos para una importante foto que saldría al otro día en los periódicos locales. Todos los peloteros y sus esposas fueron retratados agarrando el trofeo; todos estábamos felices de tenerlo en nuestras manos. El Béisbol y yo brindamos nuestra mejor sonrisa para la cámara pero Julieth lució un poco asustada; era normal, me dijo el fotógrafo, que eso pasara, pues sólo tenía un añito y la algarabía de nuestra alegría la tenía medio agitada. Todo el equipo estaba empapado de champagne. La celebración fue emocionante; los fanáticos gritaban de júbilo; las *cheer leaders* no paraban de saltar y batir sus porras; los peloteros saltaban y se daban nalgadas de alegría; los corchos sonaban unos tras otros *pop, pop, pop*. El brindis continuó desbordando y empapando cabezas en el *dugout*. El estadio se cubrió de fuegos artificiales: otro triunfo más que se sumaba el Béisbol. Fue en ese momento donde me hice fanática. Dejé de tenerle miedo, pues ahí ya estaba yo en otro ambiente; todo se veía tan lindo ese día. Sentir tantas emociones juntas en un estadio y ver la gente llorar de alegría, me llenó de motivación a querer ir a todos los juegos.

El regreso a R. D. esperaba. Llegamos. El pueblo había organizado una caravana para recibir al Béisbol, quien había sido el primero en llevar ese triunfo a nuestra provincia llena de personas fanáticas. Ahí estaba yo, en medio de la multitud. Todavía no había visto a mis familiares, los extrañaba tanto; era la primera vez que había estado tan lejos de ellos… del otro lado del mar. Quería darles un fuerte abrazo, pero primero tenía que acompañar al Béisbol en la actividad. Vestía muy glamurosa, con un maquillaje exótico que ocultaba mi inquietud de llegar primero a casa. Pero enseguida me llené de emoción: estaban ahí, en la caravana. Los alcancé a ver: mis hermanas y unos de mis hermanos entre la multitud, en el jeep de uno de Los Oscuros. Por fin habían hecho algo a mi favor; los invitaron para que me recibieran de sorpresa. Enseguida subí por el *sun roof* de ese vehículo del año… me alcanzaron a ver y, ¡waooo!, empezaron a tirarme besos y batir sus manos. Yo también las batí saludando a los fanáticos al lado del Béisbol. Me sentí como la primera dama. Algunas mujeres me miraban con admiración, sin imaginar el precio que yo estaba pagando por estar ahí.

Le conté a mamá lo que había sucedido en Arizona.

—Mamá, recuerdas la serie que no nos perdíamos, que se llamaba Rescate 911…

Cuando le conté lo ocurrido, mamá empezó a preocuparse por mí, y me dijo que ella sabía por lo que yo estaba pasando y que no podía hacer más nada que acompañarme, para cuidar de mí.

—Ela, si me voy contigo estoy segura que él no se atreverá a levantarte la mano frente a mí, así que el día que quieras me voy a vivir contigo.

Fue muy emotivo y consolador escuchar eso. Mamá nunca se había despegado de papá, ni había salido detrás de ningunas de mis hermanas, hasta Mercy se puso celosa, que le propuso ir a vivir con ella a New York.

Pero mamá sabía que se estaba repitiendo la misma historia de ella en mí, y lo que soportó tantos años en ella, realmente no era lo que al final de todo quería para mí. No dudó en dejar todo para tratar de ayudarme. *«Que seríamos dos contra uno»*, dijo, pero con la fuerza que tenía el Béisbol, podía repartirle golpes a diez como mamá y yo. No obstante, admití que su compañía sería muy alentadora para mí y los niños.

Desde qué ella me dijo eso, empecé a hablar con él Béisbol. Le dije que me sentía muy cansada con los niños, que necesitaba ayuda; que mamá estaba dispuesta a viajar con nosotros; que era agotador tener que estar viajando en los *road trips* con los niños y que así podíamos dejarlos con ella. En realidad, a mí para nada me molestaba cuidar de ellos, y mucho menos estaba tan agotada de viajar con él a todos lados; pero la estrategia que utilicé fue la perfecta para extraerle un «sí». Por lo que inicié las gestiones para un día poder tenerla ahí conmigo.

Déjame nacer

Teníamos dos años viviendo en Anaheim; como su contrato era por cuatro años, alquilamos una casa para cada vez que empezara una temporada quedarnos en ella. Fue la primera vez que me sentí segura y dispuesta a todo para un divorcio. Angie me veía sufrir y ya me había asegurado que podía lograrlo. Yo le había confesado que tenía miedo de dejarlo estando en mi país y que tendría muy poco apoyo; que se atrevía a ponerlo todo difícil y que no me daría el divorcio por que si. Angie estaba más que dispuesta a ayudarme y luego darme apoyo para que me quedara a vivir en Anaheim.

Me encantaba esa cuidad. Vivíamos a tan sólo cinco minutos de Disney California Adventure. Íbamos casi todos los sábados. Angie conocía un abogado que me podía ayudar a que todo se hiciera desde ahí y yo confiaba en que podía ser posible.

Ese año inscribí a Carlitos en la escuela, ya tenía sus seis años. El año anterior no pude inscribirlo debido a que los constantes viajes me lo hicieron difícil. Cuando Carlitos llegaba con sus tareas y me pedía ayuda, me sentía abrumada por no poder hacerlo. Y eso me motivó a empezar a tomar clases de inglés. Angie también me dijo que era lo mejor, porque si pensaba quedarme a ser una vida ahí, luego tendría que buscar trabajo y que sería difícil si no aprendía el idioma.

Todo pintaba que mi decisión iba por buen camino y tendría éxito; que pronto mi vida cambiaría para siempre, aunque la espera de una simple manchita roja en mis pantis, puso en jaque mis planes; dándome una corazonada que, según mi prejuicio, podía cambiarlos de rumbo.

Aguardaba con ansias el ciclo menstrual. Era lo único que tentativamente, si no aparecía, podía cambiar lo que por nada quería quebrantar. Iba a cumplir dos meses de su ausencia. Ya me había pasado, pero eventualmente me llegaba poniendo fin a mi susto. Pero nunca antes me había tenido tan ansiosa como esa vez. Una semana más tarde, un mareo repentino se combinó con la ausencia, acelerando mi preocupación. Me provocó un fuerte dolor de cabeza. Recuerdo haberme tomado dos calmantes y luego desplomarme en la cama. No sé si dormí o aluciné, pero escuché una tierna voz que me dijo suplicante:

«Mami, no te vayas a enojar conmigo, es que ya no soy esa manchita roja que esperas ver, soy un niño, ¡tu bebé! Mami, déjame nacer, ¿sí? Yo podría hacerte muy feliz, podría jugar con mis hermanos, ya sé que tengo dos. Ellos se pondrán felices de verme nacer, pero si saben que me hiciste daño, ¿qué crees que pensaran de ti? Y papi, ya supe que juega béisbol. Sí, yo podría ser un gran beisbolista y él me enseñaría todo lo que sabe… No te pongas triste. Todavía no se han formado bien mis brazos, y viéndote así siento ganas de abrazarte. Veo que sigues triste. No me quites la vida mami. ¿Por qué no me quieres? Hasta creo que tengo la culpa de tu tristeza.»

Me latía el corazón a mil, estaba confundida. Argumenté que todo eso lo dijo mi subconsciente por estar pendiente a que me llegara la menstruación. Quise llamar a Angie, pero ya era madrugada.

Al otro día me fui a la casa de Angie. Le conté todo y compramos una prueba de embarazo y, efectivamente, era mi

                    Elizabeth Valdez

subconsciente que estaba consciente de que ya un bebé venía en camino.

—¡Ay Angie, nooooo!… ¿Por qué me pasó esto a mí?

Comencé a darle vueltas a la cabeza con ese pensamiento. Aunque mamá desde muy niña me había dicho que era pecado, le dije a Angie que me ayudara a buscar un lugar donde poder hacerme un aborto.

—Ela, no hay ningún problema, vente, vamos a hacer una cita.

—Pero Angie, mamá dice que es un pecado muy feo.

—No Ela, aquí los abortos son legales.

—No Angie, para Dios no lo son, ni aquí ni en ningún país, su ley lo ha aprobado.

—Ela, entonces pídele dirección a Dios y deja de ponerme a mí a pecar por ti.

—Perdóname Angie. No digas eso, estoy tan desesperada.

—Mira, anda a casa y piensa todo muy bien, yo te ayudaré en lo que decidas, aunque nos condenemos juntas. Lo único que te digo, Ela, es que será más difícil como madre soltera de tres.

Angie me dejó claro que, de cualquier manera, algún día yo quedaría libre y que con tres sería más difícil. Eso lo tenía claro. Pero era la creencia de mamá que me perturbaba; ella me la inculcó en las venas. No podía dejar de pensar en eso y sentía que ya Dios me acusaba, apuntándome con su enorme dedo.

Llegué a casa y volví a pensar en mi divorcio, que acabaría con mi tormento, permitiéndome rehacer mi vida y, quien sabe, algún día volver a ser feliz. Me dije que no permitiría que un pequeño bultito en mi abdomen, que apenas empezaba a formarse, lo cambiara.

Entonces, llamé a mamá para informarle y, aunque no estuviera de acuerdo, tratar de convencerla de que era por mi bien.

—Hola, mamá.

—Hola mi hija, ¿cómo estás?

—No muy bien mamá, pero ya estaré mejor. Llamé para decirte que estoy embarazada, pero está pequeñito; aún ni se nota… Voy a abortar.

—Claro que no. Tú sabes muy bien que es un pecado mortal.

—Mamá, piensa en mí por favor, alguna vez en tu vida.

Quería que mamá sintiera culpa de mi desgracia, a ver si me decía que sí.

—¡Qué dices, Ela!... Mira, solo por encima de mi cadáver lo harías, así que primero ven y mátame a mí.

—Mamá, tengo todo planeado para quedarme aquí y dejar al Béisbol, pero si continúo con este embarazo, no podré hacerlo; me sería difícil, entiéndeme mamá –le dije ya con la voz llorosa.

—Mi niña, te voy a decir algo que creí que nunca te diría –a ella también se le empezó a quebrantar la voz–. Lo primero que supe de ti, fue que eras un fibroma; tenías cuatro meses en mi vientre, una cirugía era lo primero que te quitaría la vida, pero Dios… sí… sé que fue Él, me dio una revelación de ir donde unos ciegos y resultó que eras tú.

—Mamá, ese cuento ya me lo sé… Perdóname tú y Dios… ¡Pero lo ha…!

—¡Escúchame! –mamá gritó entre enojada y nerviosa. Me quedé callada y le dije que continuara.

—Cuando los ciegos me dijeron que eras una niña, me asusté, porque me imaginé ver como te sacarían y te tirarían al zafacón. Sí, eso era lo que pasaría, los doctores jamás admitirían un error así, y quedarías en el secreto de una sala de cirugías.

»Pero luego, al llegar a casa y ver a mis diez hijos regados por todos lados y a Agustín, ya sabes... Dije que no, otra más no.

     Elizabeth Valdez

Había tomado unos teses que me preparaba una vecina, que Dios la tenga en gloría. Ella me decía que podían desbaratar el fibroma, y pensé en que como esos teses, que también eran efectivos para abortar, no te habían matado... era que realmente querías nacer, Ela, pues ya estaba dispuesta a tomar unos cuantos más que no te lo permitirían.

—¡Mamá…!

En ese momento comencé a llorar como una Magdalena; se quebrantó todo en mí. Me imaginé apretando fuerte los labios para no tomar esos teses; ignorando que no era por ahí que ese veneno me desbarataría. Sentí lo que nunca, nunca, había sentido hacia ella. El resentimiento me nubló y continué llorando sin aliento.

—¿Me quieres seguir escuchando? –me dijo buscando la forma de apagar mi llanto y continuar.

—Sí, mamá.

—Otra señal me indicó que estabas destinada a nacer desde antes de caer en mi vientre. Cuando tuve al que creí que sería mi último hijo, fui a prepararme y, estando en la camilla, el doctor se puso los guantes, pero algo que también sé que fue Dios, me paró de ahí y me fui.

»Después de pensar todo eso, reflexioné… entendí que tú querías nacer, que eras una luchadora y que yo tenía que ayudarte a nacer y luchar contigo. Entonces, voté todas esas hojas que estaban listas para hervir y desbaratarte.

Mamá colgó el teléfono, dejándome en un mar de lágrimas, de angustia, de culpa, pero totalmente convencida de que esa criaturita tenía que nacer. Hasta intenté llamarla otra vez, para empezar a quejarme. Le quería decir que como le pasó por la mente hacerme eso; que debió al menos pensarlo. Pero en mi caso, ya no tenía derecho.

Al mes siguiente, Angie y yo gestionamos una cita para hacerme una sonografía, quería saber su sexo, porque los sueños a veces son solo sueños.

—Felicidades, Ela… tiene usted un futuro pelotero.

Me puse a llorar de emoción y de tristeza.

—¿Por qué llora? ¡Alégrese! –dijo el doctor sin saber lo que pasaba por mi cabeza. Ese bebé ya me había avisado lo que era; me había pedido que no lo abortara, antes de que pensara hacerlo… ¿Es que lo pensó antes que yo?

—No doctor, solo estoy emocionada –le mentí.

Ya iba para cuatro meses. Salí de allí con mi pelotero dando saltos de alegría en mi pancita y el estómago pidiéndome devorar cualquier cosa. Angie me esperaba en el pasillo.

—¿Qué será?

—Un pelotero, Angie… ¡Jajajajajaja! Es un varoncito y un comelón. Vamos a comer algo.

—Sí, ya sé donde te llevaré –dijo Angie guiñando un ojo.

Teníamos mucho que no íbamos a *Joe's Crabshack*. Era mi restaurante favorito y a Angie se le ocurrió ir a darnos tremenda hartura. De entrada, pedimos patas de cangrejo rebañadas de mantequilla.

—Cuéntame, Ela… ¿Qué vas a hacer con lo del divorcio?

—Nada Angie, no me pienso divorciar embarazada. Además, tú no crees que cuando sepa que es un varoncito...

—No creo que eso cambie las cosas… Él feliz claro, pero...

Angie agarró una pata y le dio un tremendo mordisco, mientras la mantequilla se deslizaba por su labio inferior; sabía que su actitud seguiría igual, y yo también, pero en mi caso no quería ni imaginarme un divorcio en ese estado; sería trágico para el bebé y aún más para mí. Comenzaría con sus amenazas y a restringirme de todo; convertiría el embarazo en un puro desastre si yo le daba

     Elizabeth Valdez

forma a esa idea. Y bueno, continué tranquila hasta que el bebé naciera y ver si cambiaban las cosas. Pero a la altura de ocho meses de embarazo, me demostró que sería inútil pensar en una transformación de su carácter.

La temporada se terminó y él se fue a pasarla con su familia como siempre lo hacíamos en esos cuatro meses de descanso. Yo decidí quedarme. Primero porque quería estar tranquila, y segundo, porque decidí tener el bebé en Anaheim. Me enamoré de esa ciudad y sentía una paz enorme. Dios hizo un milagro: él no se opuso a que yo me quedara. Pero al octavo mes de embarazo, todo se complicó y me mandaron a guardar reposo. Los niños me demandaban tareas que yo sola no podía manejarlas, y Angie también tenía sus compromisos. Lo llamé para que viniera a ayudarme y fue mejor que no lo hubiese hecho; me dijo tantas cosas feas que recuerdo que estaba sentada esperando una comida en un restaurante, y cuando me pasaron el plato, se aderezó con mis lágrimas. Pedí la cuenta y no probé ni un bocado.

Fue como si al bebé se le hubiese cerrado la boca. Me acaricié la panza y le dije que no se preocupara, que pronto su papi recapacitaría y vendría a darle calorcito. Llegó un día antes del parto y participó en el nacimiento. Lo vi feliz cuando el doctor se lo pasó diciéndole que tenía unas manotas y podía ser un gran lanzador como él.

Voces y alucinaciones

El Béisbol seguía sus temporadas de pelota y Los Oscuros se gastaban toneladas de dinero: vehículos de lujos años tras años, casinos, galleras, bancas de apuestas y clubes. Dilapidaban su patrimonio, ya que ellos no salían de esos lugares; los habían convertido prácticamente en sus casas. Gastaban el dinero sin consideración alguna.

Muchos hombres se sentían ofendidos porque el poder del dinero que habían obtenido Los Oscuros los dejaban con impotencia de hombría donde aquellos estaban; las atenciones se enfocaban en el que gastara más y, por supuesto, ellos eran los agraciados. Muchas mujeres eran engañadas por las vanidades que ellos les ofrecían y prometían, pero al final no hacían nada por ellas. Jóvenes menores de edad eran sus preferidas, y claro, los padres los demandaban, pero aquellos dólares daban para todo eso y más. Antes que la querella llegara a manos de la fiscalía, ya esos padres estaban sobornados con la papeleta verde. Además, era lo único que se podía obtener y ser conformes, porque aunque la querella llegara, solo con tener aquel apellido firmado en Grandes Ligas, era archivada o tirada a la basura. Todo giraba a su favor mientras que el Béisbol, subido en su lomita, lanzaba la victoriosa pelota.

Pasaron dos años más y su contrato en Anaheim terminó. La educación escolar de mis hijos tenía muchos problemas por los cambios. El Béisbol me hacía trasladarlos desde que se acababa una temporada. Allí planté mi raíz y saqué la fuerza de una loba, de una madre consciente, mejor dicho. En eso nos convertimos cuando queremos defender el bienestar de nuestros hijos. Estaba muy consciente de lo que pasaba y me dije: *«Un paso más no doy detrás de él»*, mis hijos van a prepararse y a estudiar; lo único que me quedaba era prepararlos para su futuro.

Por esa situación tuvimos pleitos y separaciones constantes. Decía que tenía mucho dinero; que sus hijos no tenían que estudiar; que mi obligación era estar de estado en estado detrás de él. Nunca le presté atención a ese disparate por lo que había pasado conmigo. Me acordé en como había cortado mis alas cuando pude haber podido volar. Si no hubiese dejado mi universidad, hace tiempo que no le hubiese estado aguantando sus maltratos y esa no era la misma suerte que quería para mis hijos.

Me quedé en mi casa, en mi país. Él continuó con sus llamadas llenas de insultos y acusaciones. Cuando no le salían bien sus lanzamientos de eso la culpable siempre era yo o, mejor dicho, conmigo era que se desquitaba. Desde allá me decía tantas obscenidades. Yo solo escuchaba cada una de esas palabras que antes me volvían vulnerable; posteriormente comenzaron a importarme muy poco creyendo en la fuerza de la costumbre, ignorando el daño psicológico que se estaba materializando en mí. Continuaba apostándolo todo a mis hijos. Los atendía y los educaba y a él lo visitaba en las vacaciones escolares junto a ellos.

Empecé también a idear negocios que me pudieran sacar de la rutina y sirvieran de ayuda en la futura educación de mis hijos y para cuando llegara la hora de poder librarme, ya que, aunque tenía pocas esperanzas, fueron suficientes para ayudarme a seguir

 Elizabeth Valdez

luchando. Todo eso con lo poco que podía ahorrar de aquel dinero del cual ignoraba el nivel de malgasto tanto de él como de Los Oscuros. De aquella millonada de dólares, para el tiempo de la universidad de mis hijos, nos quedaría solo lo que yo ahorrara y cuidara. A pesar de que mi adicción no me ayudaba mucho. Aún seguía matando mi infelicidad cada vez que podía ir de compras.

Aquel pitcher seguía lanzando su pelota, pero con menos victorias. Había recorrido por muchos equipos, casi todos se podría decir, pues lo vivían cambiando. Yo sabía que su disciplina no lo ayudaba mucho, pero él alardeaba de que eran los equipos que lo solicitaban. Mientras él vivía de estado en estado, Los Oscuros invadieron mi casa. Siempre estaban pendientes de todo. Mi casa era un infierno, no tenía yo voz ni voto. La Reina siempre iba a llevarles cosas a sus nietos y se metía con todo lo que yo tenía; cada día mi plan de escaparme de ahí se hacía más urgente. Mis nervios se dispararon y empecé a tener muchas alucinaciones.

En ellas, la reina de Los Oscuros se me aparecía todas las noches cubierta con una manta negra y me miraba con ojos endemoniados. No me dejaba dormir; cada día tenía menos fuerzas de continuar con esa relación, estaba al punto de la locura. Le confesé todo lo que sentía a mi hermano Eddy; que mi casa estaba llena de voces y fantasmas. Él enseguida me llevó para la capital, donde vivían la mayoría de mis hermanas.

A los pocos días, las crisis aumentaron. Mis hermanas no pudieron controlarme. Después de intentar mi sanación por otros medios, vieron que las cosas empeoraban. La esquizofrenia se apoderó de mí, dejándome inconsciente de lo que hacía o decía. Una de las cosas que pasaron mis hermanas me la contaron:

«*¿Estoy linda?*». «*Sí*», me contestaban, pero sabían que mi pelo estaba alborotado y mi labial regado en toda la cara. «*Y mi vestido, ¿está lindo?*». «*Sí*», me decían, aunque veían que yo vestía de jeans y blusa esa tarde. «*Voy donde el príncipe… ¡Jajajajaja…! Él me espera… Ah mira, llegó… está ahí*». «*No Ela, no hay nadie*». «*Sí, sí…*», yo insistía en verlo por toda la casa.

Recuerdo que me agarraron tres enfermeros. Yo luché por escapar y salir corriendo. Vi que uno de ellos empezó a llenar una jeringuilla con un medicamento. Entré en pánico; gritaba que querían matarme: «*¡No… no lo hagan, noooo!*», hasta que la aguja penetró en uno de mis glúteos. Mis gritos empezaron a tartamudear; fui perdiendo fuerzas lentamente, también la visión. Ellos me miraban desde detrás de un cristal muy empañado. Sus rostros daban vueltas sobre mi cara: me decían suavemente que todo estaba bien, que solo me ayudaban… hasta que desaparecieron.

Quedé totalmente controlada. Dormí un sueño profundo y el pasillo volvió a adquirir su normalidad. Todas mis hermanas suspiraron al sentir el silencio consolador, ya que mis gritos, que salían al pasillo, las tenían en total estado de shock. El psiquiatra salió a hablarles pues ellas no sabían como explicarse la situación. Él les insistió que hicieran memoria de que si en otra ocasión eso había sucedido, ya sea notarme con depresión o con diferentes conductas extrañas. Todas sacudieron la cabeza de un lado a otro en señal de negación, menos Mercy, que se quedó mirando al piso con el pensamiento perdido y triste. Mercy ya tenía años viviendo en New York cuando un día, antes de yo perder por completo la razón, la llamé desesperada para que viniera. No lo dudó. Al día siguiente estaba acompañándome.

Ella siguió pensativa y luego levantó su mirada. El doctor la llevó a su consultorio.

          Elizabeth Valdez

—No sé si lo que le voy a contar tenga algo que ver, pero le aseguro que aquella vez ella no actuó así; no agredió a nadie y no profirió ese tipo de gritos desesperantes… pero sí una vez, cuando era niña, noté algo muy raro y yo misma le busqué ayuda.

—¿Podrías recordarlo con detalles… y decírmelo?

—Sí, le contaré todo… En junio de 1995, estaba visitando una de mis hermanas, todas la mayores que yo se habían casado, yo también, pero mi esposo se fue a los Estados Unidos y me quedé con mis padres hasta que me mandara a buscar. Ela era la que se había quedado en casa con mis padres y mi niño; sonó el teléfono, era mi madre:

—Mercy, ven rápido…

—¿Qué pasa, mamá?

—Te cuento aquí.

»Mama siempre contaba las cosas con un misterio; debió decirme para evitarme estar todo el camino con esa preocupación que me atormentaba; sospeché que a mi hijo le había sucedido algo; tenía solo meses de nacido. Llegué y Ela me esperaba en la entrada de la puerta. Se me tiró encima y empezó a llorar como si alguien hubiese muerto; me abrazó fuerte. En mi mente solo pensaba en mi hijo; pero de inmediato salió gateando con una enorme agilidad de una de las habitaciones. Mi corazón volvió a su lugar, pero seguí preocupada por los llantos de mi hermana; mamá se acercó y me dijo lo que Ela había estado haciendo durante unos cuatro días. Había que buscarle ayuda. En un momento en que la vi tranquila, le pedí a Ela que me contara.

»La graduación del politécnico había llegado –empezó a relatarme–. Las monjas organizaron una gira para todas las alumnas y yo quería ir, aunque para eso tenía que obtener el permiso de papá. Era casi imposible que me lo diera, tú sabes Mercy, como es él; pero yo esta vez lo intentaría hasta lo último. Tenía unos días a mi favor antes de la fecha para intentarlo y convencerlo. Era a donde por toda mi corta vida había querido ir, pero solo en la tele y en mis sueños había estado ahí. Hablé con mamá para que ella lo hiciera por mí esta vez, ya que no quería escuchar la palabra *no*. Mamá estaba orgullosa de mis trabajos en el politécnico y quería darme ese regalo de satisfacción que sabía que sería para mí el mejor de todos. Me dijo que si, que lo tenía seguro y que me lo había ganado porque estaba muy aplicada en los trabajos de manualidades que las monjas me asignaban; a pesar de que hubo algunos que hubiese querido hacerlos más extravagantes, pero el dinero que me daban no me alcanzaba para comprar los otros materiales para darle el toque mágico.

»Llegó el día y papá dijo que no; que yo no iría a ningún lugar y menos donde él no pudiere verme por todo un día. La gira salía a las 6: 00 a. m. y estaríamos de regreso 8: 00 p.m. Yo me retiré a mi cuarto y comencé a llorar; no paraba. De pronto sentí que mamá me miraba. Luego escuché que algo cayó e hizo un ruido que estremeció las maderas de la casa. Me callé y los escuché discutir fuertemente; me asomé para escuchar mejor:

—¡No hay problemas, qué se vaya!… Pero prepárate si a las 8:00 p.m. Ela no está aquí de regreso, porque vas a pagar las consecuencias, Margot. ¡Me entendiste! Si le pasa algo, ¡yo te ma...!

»Tapé mis oídos y me retiré. La verdad no alcancé a ver donde se formaría el horrible color que dejaría el puñetazo. Pensé decirles que ya no quería ir, pero sí quería.

—Vamos Ela, puedes ir… Pero por favor, trata de estar aquí antes de las 8: 00 p.m., si es posible.

—Ok, mamá.

»Las olas eran reales, su azul también. El autobús se paró y yo corrí a tocar todo lo que había soñado. Una de las monjas me llamó para rectificar todo lo que en el camino nos habían

    Elizabeth Valdez

aconsejado. Sentí que no era necesario y corrí hasta llegar a la playa. Desde que sentí la arena me llené de emociones. Cuando entré fue algo inexplicable; apenas me sumergí mis ojos comenzaron a picarme. Abrí la boca y escupí el agua, sabía horrible, pero en unos cuantos minutos, ya sabía que no podía ni abrir los ojos bajo el agua ni probar su salobre sabor. Y así seguí, disfrutando plenamente del oleaje que subía y bajaba mi cuerpo como una hamaca. La playa se convirtió para mí en uno de los lugares que jamás podría dejar de visitar; ese día supe que era parte de mí. Mercy, pero al llegar la hora de volver al bus, comencé a pensar en mamá. Luego, acabando de arrancar, el bus se dañó. Empecé a preocuparme.

»Ya se puede imaginar, doctor: eran las nueve y Ela no había llegado; todas las amenazas que mi padre había prometido martillaban en su cabeza. Se imaginaba lo que nuestra madre estaría pasando por su impuntualidad, que en verdad, no era por su culpa. Pasaban por su mente un sin número de maltratos que mamá podía estar padeciendo, y fue presa del pánico todo el camino de regreso.

»Llegó a la casa actuando de manera extraña; nadie entendía su comportamiento hasta que la llevé al doctor que, una vez terminó de interrogarla, salió y me dijo que quería hablar con nuestro padre. Se lo comuniqué, pero él dijo que no tenía que escuchar ningún hombre que le aconsejará como tratar a su hija.

Mercy le contó todo lo que yo le había dicho, más otras cosas que me habían pasado, causantes de mi estado de entonces. Quería ayudarme a salir de ese estado de crisis emocional, pero a papá no le importó. Nunca fue a las citas que el psicólogo le había puesto y no me costó más que seguir tolerando su forma de ser; total, era el padre que me había tocado. Gracias a Dios me pude recuperar en unas cuantas semanas, porque ya la fecha de los exámenes estaba cerca y así no iba a poder pasar de curso. En esa situación no llenaría ni la primera pregunta.

El doctor entendió que mi problema tenía que ver con violencia y que esa vez también podría ser que yo estuviera pasando por lo mismo. Pero esa segunda vez fue mucho peor; eran violencias de todo tipo: psicológica, física, patrimonial, desigualdad sexual y económica, etc. Por lo que mi problema era grave. Solo se resolvería con pastillas y muchas terapias, le dijo el doctor a mis hermanas y a mamá, que viajó a la capital el mismo día, desde que supo que me habían internado.

Yo continué sin saber nada de mí en una camilla. Por momentos volvía en sí y mis manos no respondían, no podía usarlas; no sabía que les pasaba.

«¡Dios mío! –clamó mi madre–; *hasta donde ha llegado la maldad de Los Oscuros… mi Ela… ¡Virgen María, intercede por ella, tú sabes que solo ha sido una mujer luchadora!»*

Mamá, aunque el psiquiatra le había dicho que era una enfermedad, alegaba que Los Oscuros y la Reina tenían algo que ver con lo que me estaba pasando. Mi hermano le dijo todo lo que le conté mientras íbamos de camino a la capital; las cosas que yo veía y escuchaba en la casa. Ella no dudaba de que algo más estaba pasando. Entre lágrimas, llanto y desesperación, mis hermanas y mamá seguían muy preocupadas por mí. Yo en cambio, no reconocía a nadie. En un momento en que se le reveló tanto la existencia de Dios como la de Satanás, se agruparon en círculo y empezaron a orar. La oración engrifó la piel de mamá. Luego me contó que se les apareció un hombre alto de ojos verdes y se unió al círculo de llanto, que con una tierna voz les dijo: *«Mujeres, ella se pondrá bien».*

 Elizabeth Valdez

Se calmaron. Se volvieron para preguntarle si yo recuperaría la memoria, pues lo creyeron un enfermero, pero la aparición se había esfumado. En el pasillo largo solo pudieron ver un rayo de luz que se desvaneció. Dos días después de ese milagroso fenómeno, recobré la memoria.

El Béisbol llegó ese mismo día. La temporada había terminado y del aeropuerto fue directo a la clínica a buscarme. Cuando entró, mi madre le dijo:

—Primero muerta antes de que saques a mi hija de aquí… ¡Tú la has dañado! Su mente está muy débil; busca ayuda primero, si es que quieres volver con ella.

—Ella es mi esposa, doña Margot… tengo derecho a llevármela.

—Pero yo soy su madre y tú no le pondrás un dedo encima, matarme tendrás primero –el Béisbol intentó imponerse, pero finalmente, lleno de impotencia, se marchó.

Todavía mi condición era delicada, mamá sabía que debía seguir cuidando de mí. Pero al pasar los días, ya recuperada, volví a su lado. En una de mis consultas, el doctor me dijo que tenía que hablar con él a ver si me ayudaba; que me convenía llevarlo porque de nada valían mis tratamientos; que si él no colaboraba, mi situación cada día empeoraría. El psicólogo lo aconsejaba y él desechaba los consejos que podían ayudar. Cada vez que le hacían una pregunta para ayudarnos, el Béisbol empezaba a hablar de un tema deportivo que no venía al caso. En otra cita, lo mandó a llenar unas preguntas, pero las entregó en blanco. Entonces, el doctor le pidió que saliera del consultorio, que necesitaba unos minutos a solas conmigo.

—En la próxima cita ya puede venir sola –me recomendó–. Pero seré sincero contigo, Ela, está luchando contra la corriente; creo que lo mejor que puedes hacer es tratar de salir de esa relación. Y mire que no acostumbro a aconsejar eso, pero…

—Eso lo sé hace tiempo, pero no he podido. Gracias.

—Veo que para nada le importa que usted mejore. Usted está muy joven; luche por usted y sus hijos y sea valiente. Puede hacerlo, propónganselo y verá.

Me fui de ahí con la propuesta ya hecha, como si le hubiese jurado al doctor que lo haría. Nunca más volví, pero igualmente, nunca he olvidado sus últimas palabras.

Elizabeth Valdez

Jaula decorada

Al mes siguiente de mi salida de la clínica, mamá me visitó de nuevo. Yo había comprado unas cuantas cosas para la casa y mamá me lo reclamó.

—Ela, siempre dices que te vas algún día de esta casa y veo que siempre estás remodelando y cambiando de decoración constantemente, aparte recuerda como se ponen Los Oscuros cuando ven que compras algo nuevo; no gastes ese dinero, guárdalo para cuando te marches. Cuando viene a ver esos oscuros no dejarán que saques nada de aquí.

—Pero mamá, es que es algo que me domina; es lo único que me hace olvidar la pena y el dolor de lo que vivo aquí. Ellos que no se entrometan, yo no opino sobre su despilfarro de dinero. Ellos lo hacen más que yo porque son los que manejan su dinero, esto que gasto no es nada comparado con lo que ellos hacen… ¡Y yo soy la esposa! En otras palabras, gastan el patrimonio de mis hijos y al Béisbol no le importa.

»Además, mamá, esta es mi casa y mi cárcel, por lo menos déjame ambientarla a mi gusto. ¿Crees en verdad que yo pueda salir de aquí algún día?, creo que digo eso de la boca para afuera. Yo ya perdí esa esperanza, aquí soy una presa que viste su dolor detrás de todo esto.

Me desahogué. Las lágrimas brotaron de mis ojos. Mamá me miró fijamente. Tenía los de ella enrojecidos y le temblaba su labio inferior.

—No llores, Ela –me confortó dándome un fuerte abrazo–. No pierdas la esperanza. De verdad me arrepiento de no saber bien aconsejarte cuando me lo pediste; cuando aún tenías tiempo de ser libre… Creo que esa vez el Diablo también jugó conmigo y me engañó. Esta situación la sufro igual que tú; vivo los días orando por tu situación, mi niña… Dios me escuchará.

Me dijo esas palabras acariciando mis cabellos con sus arrugadas y tiernas manos. Me susurró al oído que la ayudara a pedir eso. Que ya vería como venceríamos su oscuridad.

—Claro mamá… confío en Dios; pero como que no quiere escucharme; yo creo que debo actuar yo, pero me falta valor, ¿no crees?

—Sí, lo creo. Pero con su ayuda es que lo harás el día que te decidas a salir de aquí; sé que Él no te dejará sola. Y recuerda hija que el tiempo de Dios es perfecto.

—¡Amén mamita!... Te amo, sigue orando.

—Hazlo tú también, Ela… Donde más de uno pide, el Señor no permanece sordo por mucho tiempo.

—Para mí se hace eterno mamá; es un infierno vivir así.

—Bueno, tengo que irme… Adiós.

—Adiós, mamá.

Pastoreando un contrato

En el 2008, entre altas y bajas, a mi estado de crisis nerviosa se sumó a mi diario vivir un motivo más para no saber bien qué hacer. Llegó el mes de marzo y aún no se le presentaban propuestas de trabajos en Grandes Ligas. El despilfarro de dinero ya se dejaba sentir. Su desesperación era notoria; su agresividad hacía mí se multiplicó y, de pronto, me escuchó Dios.

Un contrato de Japón tocó la puerta, país que el Béisbol me había jurado que nunca iría porque le tenía miedo a una supuesta mafia, o algo así, y también al hecho de que temblaba mucho la tierra. Pero ya había a su alrededor unos amigos pastores que le daban fuerzas para confiar y toda la valentía para enfrentar el mayor de los miedos; que Dios lo ayudaría donde quiera que él fuera; que no desechara ese contrato. Yo me preguntaba que por qué Dios no ayudaba a cambiar su arrebatadora agresividad contra mí, que cada día me dejaba ser menos Ela. Seguía igual conmigo. Por eso no me caían bien esos pastores. No hacían bien su trabajo. En mi opinión, ayudarlo a ser una mejor persona, era más importante que ayudarlo a ganar millones. En fin, al cielo se sube con las manos vacías.

A pesar de todo, los entendía; ellos tenían su razón, y yo la mía. Luchaban por su diezmo y yo por mi pellejo. Siempre le decía al pastor que me ayudara con él, ansiosamente necesitado de aquellos dos millones de dólares que le ofrecían en Japón; su pastor lo motivó a aceptar el contrato: el 10% de aquel dinerito sumaban 200 mil dólares: caerían muy bien en la iglesia a la cual creo que nunca llegó; solo al bolsillo del pastor. Yo no podía meterme en eso; a mi no me correspondía opinar en nada. Pero bueno, ahí sí que le reclamé. Dejé de estar de oveja mansa y exigí mi 10% también, ya que si ese pastor, que había llegado a su vida no hacía ni un año, le tocaban 200 mil, con nueve años, quería mi diezmo para mí y mis hijos. A nosotros nunca nos había puesto una cuenta ni del 1% de lo que ganaba. Fue efectivo reclamar y, aunque nunca había sido pastora, yo también lo obtuve.

Empecé a planificar con ese dinero. Pero en ese entonces, mis crisis aumentaban y parte de ese dinero se gastaba entre medicamentos, consultas al psicólogo y gastos de la casa. Una noche, entre mis sueños, escuché una suave voz: *«Ela, sal de ahí; te he dado alas* –dinero lo entendí en el mismo sueño–, *y es tiempo de volar; gastarás ese dinero en tu salud y tus hijos, si sigues ahí, no verán ninguno de tus sacrificios si te quedas por ellos, pues tu curación vendrá cuando te liberes de las garras de Los Oscuros… ese no es tu lugar… Si no lo haces, terminarás sin conocer ni a tu familia»*.

Desperté y me dije: *«¿Cómo lo haré? Si este hombre ya me ha amenazado tantas veces… ¡No!, seguiré aquí… este es mi lugar»*, e ignoré aquel aviso. Desconocía el origen de esa voz.

Pasó otro año y mi familia veía como me consumía. Mi corte de pelo se había hecho solo: se me había caído. Los nervios estaban acabando conmigo. Mi familia, desde que me habían internado, vivía pendiente de mí. El doctor les aconsejó que siempre estuvieran al tanto, por lo que empezaron a darme mucho calor y apoyo. Frecuentaban mi casa y me llenaban de valor. Mis padres vivieron junto a mí todo mi sufrimiento. Su casa me quedaba muy

Elizabeth Valdez

cerca y en varias ocasiones, me les aparecía en las noches a dormir a su lado, pues el Béisbol, cada vez que yo trataba de hacerle entender las cosas que no estaban bien en nuestra relación, me dejaba fuera de la mía y ordenaba a la seguridad que no me dejaran pasar.

Mis padres veían que yo sola nunca tomaría la decisión de irme y mucho menos ahora, que mis nervios me habían dejado con menos valentía. Una tarde empecé a pensar en mis hijos, en mi futuro; a qué nivel seguirían afectando mi vida esas crisis y fui donde papá. Le pregunté que si yo decidía irme podía contar con él. Me respondió que lo único que quería era que yo recupera mi salud y que sabía que ahí la perdería; que hablaría con mi hermano Juan para entre ambos enfrentar cualquier eventualidad, ya que le manifesté mi intuición de que Los Oscuros podrían intervenir en mi salida. Me fui muy feliz contando con su apoyo. Poco después llegó Eddy a contarle un extraño sueño a mi madre. Se notaba turbado:

—¡Mamá, soñé que a Juan lo tenían crucificado!

—¿Cómo así, mi hijo? Cuéntame bien.

—Sí vieja, parecía un muñeco, ¡pero era él! Tenía la espalda traspasada con alfileres gigantes mamá, y los brazos abiertos como Cristo en la cruz. Chorreaba sangre de sus mismas heridas, pero la de su cabeza no brotaba de las heridas de las espinas, no tenía corona, sino de un hoyo en su sien.

—¡Dios me libre a mi hijo! ¡Virgen santísima! –reaccionó mi madre santiguándose.

—Mami rece por él y aconséjelo… He notado que está tomando mucho alcohol. También como que algo lo atormenta…

—Sí, mi hijo… No te preocupes, que desde que lo vea hablo con él. Ve tranquilo, que uno se sueña muchos disparates, pero solo son sueños.

—Claro, vieja… Pero sentí algo raro en este sueño… Por eso vine a contártelo.

Mamá no tardó en llamarme para contarme todo. Le dije que era verdad que Juan estaba tomando mucho más de lo normal, porque de que le gustaba el romo le gustaba. En cuanto a los alfileres que lo traspasaban, le dije que seguro era una alarma advirtiéndole que el alcohol podría llevarlo a la muerte; que yo misma le había dicho que se controlara un poco; que no podía administrar bien el negocio dándose esos jumos que al otro día era papá quien tenía que abrirlo por él.

Llegó el día de dejar al Béisbol definitivamente; de salir de esa casa y de mi pueblo. Ya estaba todo listo, incluyendo el camión de la mudanza… Pero la noticia llegó a oídos de Los Oscuros. Llegaron armados. Papá se enfrentó con uno de ellos; lo encañonó con una pistola y los otros empezaron a discutir con las personas que yo había contratado para la mudanza quienes tuvieron que marcharse, dejando mis cosas tiradas. Luego vi unos oficiales que creí que llegaron a ayudar, pero no fue así.

No me preguntaron al menos qué pasaba. Luego vi que otro oscuro hablaba con el fiscal del pueblo, que luego se me acercó y me ordenó poner todas las cosas como estaban. En ese momento me sentí en la era de la esclavitud. La verdad, no entendía nada; pensé que de verdad me estaba volviendo loca. No podía ser normal que el fiscal estuviera actuando tan injustamente; y como me creí tal cual pensaba, los mandé a él y a sus policías a poner todo en su lugar. Gracias a Dios que había mandado los niños a la capital con mi mamá unas horas antes, porque me imaginé que algo parecido podía pasar y no quería que ellos presenciarán tan desagradable momento. También porque sabía que les iba a afectar

 Elizabeth Valdez

salir así de la casa. Uno de mis hermanos llegó y montó las maletas de la ropa mía y de los niños en su camioneta. Me dijo que me fuera solo con eso, que le dejara todo; pero el Béisbol, desde donde estaba, lo manejaba todo por celular con uno de los oscuros como agente, y dijo que no, que ni la ropa podía sacar. Yo le había comprado un arma de fuego a mi hermano porque trabajaba conmigo cuidando un negocio que tenía en el pueblo. En ese momento la sacó y dijo que si alguien las bajaba le caería a tiros.

Yo me fui con una de mis hermanas que aguardaba por mí en la casa de mis padres.

Después de llegar a la ciudad, nos enteramos que habían detenido a mi hermano y esa noche amaneció preso. Pero al siguiente día lo soltaron.

Pocos meses después de mi fuga a la ciudad, mi hermano apareció muerto en el parqueo del negocio. Un tiro en la cabeza le quitó la vida; más dolor no podía cargar mi corazón. Llegué al funeral. Todos llorábamos su partida menos papá, no había llegado; estaba resolviendo e investigando la causa de su muerte. Aún no se sabía si fue él mismo o un homicidio, cuando vi a mi padre llegar salí corriendo y lloré en su pecho. Papá apartó mi cara y me dijo, con la voz quebrantada de dolor, que por favor no lloráramos tanto; que no lo hicieran llorar a él también; que había que tener valor para todo. Pero lo que expresó no era lo que se reflejaba en sus ojos, que enseguida se adornaron con brillantes gotas de lágrimas y empezaron a caer al piso como si fueran de lluvia. Fue la única vez que pude ver la sensibilidad en papá. Aquel hombre tan macho y duro, también tenía sus sentimientos.

Me llené de amargura y angustia al ver lo mucho que le había dolido la muerte de su hijo, pero lo que más me hería hasta lo profundo, era que yo me sentía culpable. Me lo había confiado para que me cuidara. Papá habló con él para que viviera conmigo y me ayudara en el negocio donde perdió la vida sin que pudiera hacer nada. Así lloraba, llena de culpabilidad y, sin consuelo alguno, me quedé frente a su ataúd por un buen rato. Le pedí perdón y, abrumada por el llanto, algo engrifó los vellos de mi piel: la llegada de uno de Los Oscuros a dar el pésame; en realidad no sé ni como se atrevió.

Mi cuerpo se estremeció como si un ser extraño su hubiese apoderado de él. Sentí que un escalofrío sobrenatural, que reptó desde mis pies hasta mi cabeza, me hizo fijar mi mirada en el oscuro; la energía de esa mirada amenazante y acusadora lo ahuyentó, saliendo de inmediato del funeral. Aquello pasó muy rápido, pero mi subconsciente lo interpretó todo: fue como si el rostro de mi hermano hubiera enmascarado el mío; él no lo soportó y escapó.

Con el tiempo quise trasladar mi negocio para la ciudad, porque ya mi hermano no estaba y yo casi no podía ir. Además, el terror de encontrarme por ahí con el Béisbol o algunos de Los Oscuros redujeron las visitas a mi pueblo. Pero papá se quedó a cargo hasta que yo pudiera venderlo como me lo propuse desde que murió mi hermano.

Un día, manejando por la ciudad, un letrero llamó mi atención: «¡PÉGALE A LA PELOTA NO A LA MUJER!». Eso no encendió una luz de alarma en mí, pues ya esa pelota me había pegado, solo me pregunté: «¿*Quién habría hablado de ellos?*», porque si esa frase estaba ahí, por algo sería. Imaginé que algo tenía que ver con mi caso. Volví en si y continué mi rumbo.

Ya con mi vida social reconstruida en la ciudad, me inscribí en el Gold Gym. Allí conocí una joven que, por coincidencia del destino, también era la víctima de otro caso de violencia: el suyo con más oscuridad que el mío. Sus comentarios me hicieron sufrir y vivirlo todo de nuevo: «*Es como si tuvieran licencia para maltratarnos amiga; con solo él decirles que era Grandes Ligas, todo cambió*

                                          Elizabeth Valdez

en la fiscalía, que solo procuraron que ni su futuro ni su carrera fueran afectados o dañados. Eran ciegos ante los moretones de mi cara... Y mi vida, ¿no valía nada?... Tampoco me está manteniendo los niños; lo demandé por eso sin lograr nada… Estoy desesperada».

Sus quejas me provocaron úlceras en el estómago al verme en mi propio espejo. Pero le dije que todo se podía solucionar; que siguiera adelante con sus hijos y confiáramos en Dios, quien ya había hecho la mejor parte: tomar la decisión más complicada… que fue salir de él.

La magia del 911

La visa que yo gestioné con el Béisbol para que mamá me acompañara y cuidara de mí, como ella me lo propuso un día, fue aprobada. Todo un milagro, pues lo que me planteó aquel día, resultó exactamente igual a lo que luego sucedió esa noche, con puntos y comas. Lo que me dejó claro la necesidad de su presencia a mi lado; su astucia e instinto de madre me liberó del tormento que me tenía encadenada y a punto de caer en la locura. Tras pasar un año de haberme separado de él, no aceptaba que yo ya no quisiera volver; seguía insistiendo y, a cada ocasión, suplicaba otra oportunidad, aunque, al mismo tiempo, todas sus acciones demostraban que no la merecía.

Los niños estaban de vacaciones y Mercy nos invitó a ir a visitarla, mamá ya tenía dos años sin viajar y le pedí que nos acompañara. La llamé:

—¿Mamá, podrías acompañarme a New York?

—No Ela, ya no quiero andar en esos trotes, vayan ustedes y me traes algo.

—Bueno mamá, Mercy dijo que no te dejara, anímate, vamos… Solo serán cinco días.

—En verdad no, Ela. Además, hablé con Mercy ayer… me dijo que está friísimo y sabes que me duelen los huesos cuando hay frío.

—Bueno mamá; mañana gestiono los pasajes, tienes hasta entonces para cambiar de opinión, adiós.

Mamá ya no quería viajar. La última vez que me acompañó, literalmente la obligué a que lo hiciera. En esa ocasión, si ella no quería, no iba a hacer lo mismo. Lo dejé a su albedrío. Pero papá actuó para que ella, sin querer ir, me acompañara. Mis padres hacía años que habían dejado la agricultura. Fue sustituida por un colmado que abrieron al lado de la casa. Esa misma noche pasó una situación que la apremió para que decidiera salir volando de ahí. Llegó un cliente a comprar algo y ella le dio un precio que no era, papá, al escucharla, se enfureció y le dijo hasta del mal que iba a morir delante del cliente. Mamá se ofendió mucho, aunque ya estaba acostumbrada a sus insolencias. Las cosas habían cambiado muchísimo desde que empezó a viajar, que, en verdad, resultó un escape del comportamiento de papá. Ese incidente compró su boleto aéreo: me llamó enseguida para informarme que aceptaba mi invitación.

Me acuerdo que me quedé con la inquietud de preguntarle el porqué del cambio de idea; pero, dentro de dos días, en el vuelo de ida, podríamos hablar de eso y más. Ya en los cielos, a diez kilómetros de altura, como lo indicaba la pantalla del asiento que me quedaba enfrente, le pregunté:

—Mamá: ¿y qué te dio que decidiste venir?

—¡Ay, mi hija!, ya yo no estoy como antes que Agustín me comía y yo no hacía nada. Yo le digo de todo y lo amenazo con dejarlo solo apenas Mercy me saque la residencia, que ya me dijo que está en eso.

—Mamá, ya sabía yo que por ahí venía el asunto.

—¡Ay no!, ya yo no aguanto abusos. Si tú saliste del Béisbol, que al menos te tenía bien en lo material y sin necesidad de trabajar, ¡qué me dejas a mí!… Aguantando boches en ese colmadito.

　　　　　　　　　　　　Elizabeth Valdez

—¡Jajajajaja…! La verdad mamá que no estás nada fácil.

En ese momento una azafata nos interrumpió. Parecía una grabadora por todo el pasillo:

«¿Drink?; ¿water?; ¿coffe?; ¿coke?»

Pedí un café para mamá; para mí y los niños, Coca-Cola.

—Ela, ¿por qué él cambia los precios a cada rato y no me informa? –me preguntó desde que la azafata nos dejó para tomarle el pedido a los pasajeros de al lado.

—¿Cómo así?

—Sí mi hija, tú sabes como es eso; que las cosas suben de un día para otro, fue por eso, por yo fallar en un precio… pero le pesó, ahora lo dejé solo… y cuando viene a ver, me quedo donde Mercy unos días más.

—Mamá, pero para evitar esas cosas, siempre pregúntale a él.

—Es verdad, Ela… tienes razón.

Llegamos. Mercy vivía en el Bronx, donde también, en algún lugar, vivía un hermano del Béisbol con el cual había compartido poco, pues desde muy joven se había hecho residente, tras fracasar cuando su equipo de firma se desintegró. Algunos de sus compañeros firmaron con Los Mets; pero él no corrió la misma suerte. Era muy diferente a Los Oscuros: trabajador y tenía una familia estable. En lo poco que nos tratamos, siempre fue muy gentil conmigo; estoy segura que de haber estado ahí esa noche, todo hubiera sido diferente o menos frustrante.

El Béisbol, desde que se enteró que estábamos donde Mercy, aprovechó dos días que tenía de descanso y se hospedó donde su hermano para estar cerca y hacer lo que se propuso. Me llamó y me dijo que le diera otra oportunidad; que había cambiado mucho y que, incluso, estaba visitando la iglesia cristiana evangélica; que quería recuperar su familia. Le respondí que no teníamos nada que hablar pero que me alegraba mucho de su arrepentimiento. Pero sus palabras ofensivas desde que le dije que no, contradijeron su supuesto arrepentimiento. Me dijo de todo y colgó. Luego, al parecer, empezó a maquinar cómo hacerme pasar las vacaciones más aterradoras y arruinadas de mi vida.

Más tarde, alrededor de una hora para ser exacta, sonó el teléfono residencial de Mercy. Una corazonada me hizo atender la llamada. Era mi excuñado, su exesposo. Llamó para saber de sus niños y aprovechó y se puso a mis órdenes como siempre lo hacía. Él era taxista y me dijo que para cualquier diligencia podía llamarle. Le dije que era posible que lo llamara para que al otro día nos llevara al aeropuerto. Eran las dos de la tarde; como en quince minutos más, sonó mi celular: era el Béisbol. Me dijo que recogería los niños en media hora. Que los llevaría al Mall de compras. Le dije que estaba bien, pero que no llegarán muy tarde porque al día siguiente teníamos que levantarnos temprano para ir al aeropuerto; que si a las seis podían estar de regreso y me aseguró que si. Colgó. Preparé los niños y, mientras lo hacía, Carlitos se encogió de hombros y me dijo:

—¿Y yo no voy, mami?

—No, no quiero que vayas.

—Quiero que papi me compre un videojuego que salió nuevo.

Carlitos siempre le dijo así y quería ir porque sabía que el Béisbol siempre lo llenaba de regalos cuando solíamos salir de compras. Pero ya todo había cambiado. Alenté a Carlitos y le dije que iríamos a Tremont a comprarlo, una calle comercial que quedaba muy cerca del apartamento de Mercy; podíamos ir caminando. Se quedó tranquilo.

   Elizabeth Valdez

Al poco rato llegó el Béisbol, tocó bocinas indicando que saliera. Fui y los subí al vehículo y los aseguré en los asientos de atrás. No dijo ni media palabra. En su rostro pude notar que estaba disgustado. Cuando di la espalda para entrar al apartamento, aceleró como si arrancara de una apuesta automovilística. De la misma manera se aceleraron los latidos de mi corazón. Le marqué a su celular para acordarle que los niños estaban ahí y que no había necesidad de acelerar de esa forma, pero no contestó. Le comenté a Mercy y a mamá que me había quedado muy preocupada de verlos partir, pero ellas me dijeron que estuviera tranquila, que él era su padre y los cuidaría al igual que yo. Pero yo solo esperaba que dieran las seis para verlos de vuelta, mientras tanto, no estaría tranquila.

Caminé con Carlitos por Tremont hasta encontrar su videojuego. Aproveché y compré algunas otras cosas. Transcurrieron las horas; el reloj marcaba las seis treinta. Yo me dije que a lo mejor el tráfico estaría pesado y que pronto se aparecerían ahí en frente, tocando la bocina. Pero solo me engañaba para calmar mis nervios y a las siete no esperé más y empecé a llamarlo. Le hice cinco llamadas seguidas y no contestó. Bueno, ahí pensé que estaba manejando y que no podía contestar y que desde que pudiera me devolvería la llamada.

Mercy empezó hablarme de su nuevo romance, mientras me ayudaba a empacar. Me dijo que estaba feliz de haber superado su divorcio, aunque en su rostro noté que no lo decía tan convencida. Cuando terminamos, ya eran las nueve de la noche. En ocasiones yo interrumpía a Mercy y le marcaba al Béisbol, pero nada de contestarme. Mercy continuó embullando mi preocupación hasta que le dije:

—Mercy, esto no es normal; lo llamo y no contesta, estoy muy preocupada.

—Ela, tranquilízate

—No. La verdad ya no puedo más.

—Pero dime qué harás, no tienes opción, espera.

Empecé a remarcarle como loca. Había apagado el celular; el pánico se apoderó de mi mente, no sabía números ni dirección de su hermano; solo que vivía en el Bronx. Mercy me preparó un té de tilo y manzanilla, y mamá me decía que yo sabía que no podía alterarme. Pero no podía controlar eso y, en un momento que tomé control de mis nervios, me llegó una corazonada, que fue la misma que sentí cuando cogí la llamada del cuñado, y enseguida lo llamé.

—Dígame, cuñada.

—Lo llamo para preguntarle si usted sabe donde vive el hermano del Béisbol.

—Sí, hace un año vino a jugar contra Los Yankees y me llamó del hotel para que lo llevara. Espero que todavía viva ahí, pero ahora no podría llevarla tengo un pasajero… ¿Me espera?

—No, es urgente, dígame la dirección y voy en otro.

—Tranquila, le mandaré un amigo de la base.

—Ok, lo espero.

En lo que el taxi llegaba, llamé unas cuantas veces más. Ya le entraban las llamadas, pero me las tumbaba.

«¡Llegó el taxi!», gritó Mercy. Yo estaba sentada en el comedor que quedaba justo en la puerta de salir y me paré. Mamá saltó del sofá de *lether* de la sala que cada noche se convertía en su cama, y en la de cualquiera que fuera a dormir al apartamento de Mercy. Yo en cambio, compré un colchón de aire para esos días. Mamá no había dicho en ningún momento que me acompañaría, pero se paró de ahí lista y dispuesta a lo que sea.

—Te acompañaré, aunque tengamos que andar el Bronx completo.

    Elizabeth Valdez

Yo sabía que ella dijo eso solo para darme valor. Mamá ya hasta cojeaba de los cansados que estaban sus pies por los años. Caminaba arrastrando sus talones. Pero había que verla en ese momento, para convencerse de que tenía todo el espíritu para hacer ese recorrido.

—Tú no sales de aquí si no es conmigo –insistió.

—No mamá, quédate. No es necesario que vayas, si me lo encuentro será una discusión segura.

—Pues tendrás que seguir aquí esperando por ellos… No te dejaré salir –amenazó mientras, cojeando, avanzó tan rápido como pudo hacia la puerta para bloquearla con su cuerpo.

—Mamá no me hagas esperar, no ves que no aguanto más la incertidumbre de no saber nada de ellos.

Por mi cabeza había pasado de todo lo que una madre piensa cuando ocurren situaciones semejantes: que un accidente; que se los llevó a un país lejano; que nunca más volvería a verlos…Que esto, que lo otro. ¡Mis hijos, Dios mío!

—¡Mira, mamá, abre esa puerta y vámonos!

Salimos y ya el taxi aceleraba su marcha. Le grité, le hice señas batiendo mis manos y dio reversas.

—Creí que no saldrían –se excusó.

Después que arrancó, recordé que no cargaba efectivo. Le pedí que pasáramos por un cajero. Me aseguró que de camino había muchos. Cuando recorríamos Fordham Road le indiqué que se detuviera en el Bank Of América; tenía una tarjeta de débito de ese banco. Casi entrando, por poco tropiezo con un lote de basura. Entré y recuerdo que retire cien dólares. Al salir escuché una voz que me llamaba. Me espanté.

No había nadie a mí alrededor, y no era mamá; ella estaba en el taxi, parqueado un poco más adelante. Luego escuché otra vez la voz y miré de donde provenía. Entonces, de pronto se me reveló que lo que creí que era basura cobró vida. Entré en pánico. De sus escombros salió una mano, tras ella una voz dijo: «*Give me one dollar, please*».

El espanto atravesó mi consciente y se zambulló en mi inconsciente: «*¿Me estoy volviendo loca?*». Me agarré la cabeza. La basura repitió: «*One dollar, one dollar…*». Presa de la duda y confusión le arrojé un billete de los que salieron del cajero. Me dirigí al taxi asustada, mientras los cartones, fundas negras y telas llenas de mugres, formaron un cuerpo obeso, que me gritó: «*¡Thank you, thank you, thank you!*».

Me subí al taxi y apreté con fuerzas el cuerpo de mamá.

—¿Qué te pasa, Ela? Deja los nervios, ya verás que están ahí. Tranquilízate; el taxista dice que estamos cerca.

—¡Mamá, mamá, mamá! –le susurré para que el taxista no se diera cuenta de mi demencia–. Creo que me habló la basura.

—¡Cómo, mi hija!... No, ¿cómo así? La basura no habla.

—¡Síííí…!

—Para eso es que ese hombre te hace esas cosas, para que entres en esas crisis… ese malnacido. ¿Cuánto hace que no vas al psiquiatra?

—Desde que dejé al Béisbol; tampoco tomo mis pastillas.

—¡Pero por Dios, Ela!... Mira, trata de calmar tus nervios; debes ser fuerte para recuperar tus hijos, piensa en ellos; con quién crees que se quedaran si no pones de tu parte y te cuidas.

Me calmé y reflexioné en lo que acababa de decirme. Le pasé el dinero que tenía aún en las manos.

—¿Cuántos hay, mamá?

—Ochenta, Ela... Déjame contar otra vez. Sí, ochenta.

Entonces, me di cuenta que había recuperado mi lucidez y no estaba del todo loca. Se me salieron las lágrimas; mamá me recostó sobre su hombro; acarició mi cabello y arrimó su cabeza a la mía.

 Elizabeth Valdez

—Desde que regresemos iré al doctor mamá, no te preocupe, estaré bien. Pero fue muy extraño ver como la basura me hablaba.

—No le digas eso a nadie, Ela.

—Ok, mamá.

«Llegamos», dijo el taxista: «*Ése es el building*».

No sabía dónde tocar y empecé nuevamente a llamarle. Una y otra llamada etiquetadas con su nombre, se acumularon en la pantalla de mi celular. El taxista dijo que se iba y que cualquier cosa lo volviéramos a llamar. Mamá ya tenía los ojos aguados, casi al llorar, y empezó a arrebujarse con su propio cuerpo. Yo me llevé de su consejo y saqué fuerzas para darle ánimo a ella. Le dije que no se desesperara; que a lo mejor le cogió lo tarde en el Mall; que esperáramos una hora y que si no contestaba, nos regresaríamos; que le dejé mensajes diciendo que iría a buscarlos, y luego, cuando llegamos, que estábamos abajo; que en cualquier momento me contestaría.

Pero pasaron cuarenta y cinco minutos, el celular marcaba las 10:30 p.m., y nada de contestar mis mensajes, ni devolver las llamadas. Mamá y yo nos congelábamos del frío; estábamos desesperadas. Me senté en una ventana del primer piso, y ella estaba recostada a la pared de ladrillos del *building*.

—Mamá, ¿qué hacemos?, ¿nos vamos? —temblaba del frío y sabía que le dolían sus huesos, aunque no se quejaba de eso.

—Sí Ela, vámonos.

Cuando me dijo eso, fue como decirme, están perdidos, ya no sabrás más de ellos. No me imaginaba mi regreso sin ellos; sería devastador. Mi corazón empezó a estrellarse contra mi pecho, queriendo salirse. Pero no quedaba otra cosa que llamar al taxista o a mi excuñado. Al mirar mi celular e intentar llamar, desfallecí.

Me tiré a llorar encima de su pecho, como nunca había llorado antes. Entonces mamá tomó nuevamente el timón del desconsuelo, y me dijo:

—No llores, ese desgraciado está aquí y saldrá ahora mismo –gritó con todas sus fuerzas: *«¡Vamos a llamar al 911!»*.

Esa fue la palabra mágica para que mis hijos aparecieran. ¿Acaso mamá era bruja?

«No llamen, estamos aquí», fue lo único que dijo, y colgó.

Entramos y todos salían de una habitación. Mis hijos corrieron y se me pegaron como si fuera un imán, uno al lado derecho y el otro al izquierdo; abrasaban mis piernas. Mamá empezó a reclamarle todo, mientras yo me recuperaba del trauma, abrazando y besando los niños.

—¿Por qué le secuestraste los niños? Por poco nos morimos del frío, abusador.

—¡Mire vieja del diablo, cállese la boca!

Mamá se quedó petrificada; nunca creyó que el Béisbol le faltaría el respecto de esa manera. Cuando lo escuché, me aparté los niños y fui a pegarle una bofetada. Cuando casi lo logro, la mujer de su hermano se me atravesó. Le dije que por qué se metía ahora y no hizo nada cuando sabía que estábamos ahí abajo, sufriendo por mis hijos; que si ella no era madre también. Me respondió que estaban trancados en el cuarto y que su esposo estaba trabajando; que no podía hacer nada.

—Vámonos mamá.

No quise seguir escuchándola. Algo me decía que conspiró con él. Bajamos hasta el lobby de donde llamé el taxi para esperarlo ahí. Nos quedamos sentadas en las escaleras hasta que llegara. Ya que afuera estaba muy frío y no quería sacar los niños a esa temperatura. Julieth, que tenía nueve años, dijo:

  Elizabeth Valdez

—Mami, papi dijo que había un ladrón y nos encerró a todos, tenía mucho miedo, mami.

—Sí, pero ya todo está bien, mañana nos regresamos a casa.

—Sí… pa-pi dido… un dadron –confirmó el Pelotero, con su vocabulario aún de bebé, mientras se cabeceaba del sueño sentado en mis piernas.

Llegó el taxi y nos fuimos de ahí. En el camino le pregunté a mamá:

—¿Cómo te vino la idea de gritar: 911?

—¡Ay, mi hija!, cosas que las madres logran cuando ven sus hijos en desesperación. Y te confieso algo…

—Sí mamá, dime.

—Cuando me paré del sofá para acompañarte, algo me empujó para que lo hiciera, y no vi a nadie... así que yo también tengo mis alucinaciones… ¡Jajajajaja! –nos reímos un poco–. Ya sabes, tienes que hacerme una cita con tu doctor –concluyó guiñando un ojo.

—Gracias mamá, gracias… Sin ti ahí, no sé qué hubiera pasado.

La Cenicienta usó botines

Un verano, cansada de lo monotonía, decidí hacerle caso a la recomendación de mi psicólogo. Unos días de descanso fuera del país me podían hacer mucho bien, me aconsejó, después de haber superado una fuerte caída de depresión: *«Ela, quiero que cojas una semana para ti, que hagas lo que más te gusta; necesitas y te mereces este descanso, deja los niños y pásala bien».*

Me fui de vacaciones a despejar la mente a New York, y claro, hacer lo que más me gustaba: ir de compras; la 5ta Avenida me esperaba. Tenían mucho que no me veían por ahí. ¿Qué mejor relajación que esa? ¡Estar en esa fantástica avenida, donde encuentras las mejores marcas, los mejores diseños, lo más actual de la moda, y los más finos restaurantes!

Estando ahí, sueltas todo y te olvidas de los problemas, al menos eso me pasaba a mí. Entendía que la adicción a las compras era algo normal, pero en mí el hobby se tornaba en un problema enfermizo cuando de zapatos se trababa. Creo que fue por las dificultades que pasé de niña cuando nunca pude tener más de un par. Recuerdo que me lo cambiaban cuando ya por las suelas se colaba la tierra o el agua cuando llovía. Pero aún en ese nivel, la situación no era tan vergonzosa como cuando al zapato se le abría un hoyo por los lados de los dedos. Era una pesadilla. Cuando los otros niños lo miraban y se burlaban, quería que me tragara la tierra. Así, cuando tuve la oportunidad de poder adquirir más de uno, los quería todos. Creo que compré casi de todas las marcas. Y bueno, ese día un par dejaron su historia.

Caminando por toda la acera de la avenida iba mirando las vitrinas de todas las tiendas. Todo me gustaba. Seguía caminado y, de pronto, algo rojo, tan rojo como las suelas de unos Christian Louboutin, me frenaron el paso iluminando mis sentidos. No perdí la oportunidad de comprarlos: esos botines rojos, ¡qué hermosos botines! Desde que los vi, mis ojos brillaron y mis pies no se tranquilizaron hasta verse en el banco probándose unos de su talla.

Ahorrar fue lo que me prometí a mí misma, pero esa vez su precio no lo discutí. Decidí allí mismo incluirlos en la lista que había elaborado para tener un control en mis compras: un artículo extra. Rompí mi promesa, lo reconozco.

Varios días luego de mi llegada, soñé que me encontraba con Esteban. Fue un sueño muy extraño. Yo estaba en el patio de la casa donde él y su familia se mudaron la primera vez que llegaron al barrio. Me encontraba totalmente desnuda y muy avergonzada de que alguien pudiera verme, ya que no tenía nada para cubrir mi cuerpo hasta llegar a casa.

Desperté con ansias de querer ir a verlo. Busqué la forma de hacer ese sueño realidad, aunque no con la misma escena. Él vivía en Virginia, a cinco horas. Decidí llamarlo. El teléfono sonó unas cuantas veces pero no lo tomaba. Remarqué. Entonces, lo escuché decir *«¡aló!»*, con su voz entrecortada.

—¿Cómo estás, Esteban?

—Bien, Ela… ¿Y tú?

Esteban ni se imaginaba que yo quería ir a verlo. Planeamos todo para vernos al día siguiente. Me fue a recoger a la estación de tren. Mientras me acercaba, me miró de manera extraña; para

                    Elizabeth Valdez

nada percibí que era con el deseo de volver a verme. En cambio, yo si caminaba con paso apresurado; deseosa de llegar y abrazarlo, pero no me atreví por su mirada. Lo saludé normal, como a cualquier amigo. Me abrió la puerta de su carro y entré.

—Esteban, sé que no debí venir, pero tenía ganas de verte y ese sueño que me hice me motivo más aún.

—Ela, para mí es un placer que hayas venido, no digas eso, sabes que eres especial para mí. ¿Quieres algo de cenar? ¿Tienes hambre?

Me moría. Ni siquiera comí bien por los nervios de ir a verlo. De camino, durante esas cinco horas en el tren, para votar los gases que me estaban matando me tomé solo una Coca-Cola.

—Sí, Esteban… la verdad tengo un poco de hambre –mentí, era mucha y, bueno, al parecer Esteban seguía siendo fiel a la compañía donde obtuvo su primer trabajo. Se detuvo desde que se encontró con un McDonald's.

La verdad se le pasó a Esteban preguntar al menos qué yo quería cenar, porque de ahí no se me antojaba nada, pero quise apoyar su fidelidad con ellos y le pedí unos *fried chicken*. Recuerdo que lo pedimos para llevar. En el camino me terminé las papas fritas.

Llegamos a su apartamento. Esteban destapó una botella de Hennessy, luego encendió el televisor y puso una película de Tony Montana. Mientras tomábamos y la veíamos, me confesó que era su actor favorito. En algún punto de la película le di un beso, no quería dedicarle mi tiempo a Tony Montana. Al rato quitó la película y prendió algo como un videojuego; uno muchísimo más moderno que el de aquellos años, claro. *«Esteban, no has crecido»*, me dije en mis adentros, *«¿todavía juegas a eso?»*.

Me pasó una guitarra con muchas teclas y, mientras una música marcaba unos colores en la pantalla del televisor, mis dedos estaban totalmente locos entre la guitarra y sin acertar ni un tiro.

—¡Jajajajajaja! –Esteban se murió de la risa.

Quiso darme un poco de práctica, pero no mostré interés y él se dio cuenta. Volvió y sonrió, como diciéndome bruta.

—La verdad es que yo quiero jugar juegos de adultos… ¡Jajajajajaja! –entonces, me tocó a mí reír.

Me quitó la guitarra y la puso en la estantería del televisor. Nos sentamos a seguir tomando.

—¿Te acuerdas de nuestro primer beso?... después de pedirte que fueras mi novia. Duramos casi un año para que se diera y el beso solo duró unos segundos.

—Sí. Como no recordarlo fue en el patio de Kirsy. Sentía mariposas en el estómago. Yo tengo mucho que no siento eso –le confesé. Comenzamos a besarnos intensamente.

Nos apartamos y le observé pensativa. Luego le conté algunas cosas que pasaron por lo cual me distancié de él; las que no pude decirles cuando lo dejé, pero él no hacía caso a mis excusas. Tenía su mirada fija en mis botines rojos. Eran estrambóticos. Hubiesen llamado la atención de cualquier admirador del buen gusto por la moda. Pero no la de Esteban: él era muy sencillo. Creí que lo ignoraría. Los agarró y me dijo:

—Por eso me cambiaste, Ela… ¡Qué poco valor le diste a lo nuestro!

No respondí a ese comentario, solo sentí que él no sabía nada de mí; que ni siquiera hablaba conmigo; que desconocía el motivo de mi vestimenta. Claro, yo no iba a entrar en esos detalles. Lo que me dolió fue que creo que nunca escuchó ninguna de las explicaciones que me hicieron dejarlo fuera de mi realidad. Tampoco creo que conoció a mi padre, que siempre quería dominarlo todo; que pensó que lo dejé por la vanidad y ambición al dinero.

     Elizabeth Valdez

Comprendí que aprovechó ese encuentro para ofender mis sentimientos. Esas palabras salieron anudadas. Su rostro se desfiguró de la pena y no supo expresarme más que de esa manera lo mucho que le había afectado todo aquello. No entendí cómo pudo Esteban manifestarme tantos sentimientos encontrados, apuntando a unos botines rojos que, aunque eran exageradamente lindos, se habían convertido al instante en lo más horrible para mí. Quedé muy desilusionada y le dije:

—Llévame a la estación de tren, por favor Esteban, nada busco aquí, pues estando, siento que no lo estoy.

—No, no te pongas así, Ela.

—Si me diera igual lo que pienses de mí, ok. Pero te comprendo Esteban; no debí venir. Vamos, llévame.

Ya eran las cuatro de la madrugada y habíamos consumido toda la botella.

—Ela, vamos a dormir hasta las seis. Entro al trabajo a las siete, de camino te llevo.

Esteban trabajaba en el Pentágono. Entendí que tenía un horario muy estricto y una gran responsabilidad. Por eso fui flexible cuando, apenas haber cerrado los ojos, ya Esteban me estaba acordando que teníamos que irnos. Me tiré corriendo de la cama. Aproveché y le entregué un detalle que le había comprado. De camino, Esteban me volvió a preguntar que por qué no me quedaba a vivir en los Estados Unidos. Quise preguntarle algo y no me atreví. Solo me salió decirle que no contaba con nada en Estados Unidos; que tenía mi negocio en mi país. Entonces, se quedó muy callado por largo rato hasta que llegamos.

Ya en la estación, nos despedimos. Al alejarse de mí yo no quería voltear la cara, de la pena y la vergüenza, para darle un adiós a distancia. Pero no me contuve y, al mirar, él acababa de voltear su rostro. Me estaba observando. Se confundió mi pensamiento entre que si me miraba alejándome, o si solo estaba mirando los estrambóticos botines que ya me estaban molestando. Me embargó de tristeza y bajé mi cabeza llena de dudas. Luego la levanté y casi le grito adiós amor, pero no lo hice. Lo que quería en ese momento era que toda mi ropa cayera al suelo como por arte de magia y vestir de andrajos, que así me sentía. Volví a la realidad. Entonces me di cuenta que ese adiós ya se había dado hacía años entre nosotros, y me dije que nunca más volvería a buscarlo.

Prefiero tu oración

Solía visitar a mis padres cada vez que podía, ya el ambiente había cambiado casi por completo; se llevaban mejor. Cuando yo me aparecía, me preparaban una comida especial. Cada quince días tenía que ir al pueblo a ver cómo marchaba todo en mi negocio y, de paso, llegaba a visitarlos.

—Voy al mercado –dijo papá–. Faltan víveres para preparar un buen *sancochote*.

En el mercado se encontraba uno de Los Oscuros. Papá sabía que ese en particular me había hecho mucho daño; de inmediato le reclamó el porqué se empeñan tanto en hacerme la vida cuadritos: *«Ela nunca se lo ha merecido»*. El oscuro reaccionó como una bestia. Sus respuestas, llenas de exabruptos, fueron acompañadas con el lanzamiento de desperdicios al suelo.

Luego sacó su arma de fuego y papá tuvo que esconderse debajo de unas mesas llenas de vegetales. Con setenta y dos años de edad, tuvo que recibir ayuda de los mercaderes para poder salir de ahí, ya que su espalda no se podía enderezar. Después que el oscuro dijo todo lo que le dio la gana, se largó. Llegó a casa y me comentó lo sucedido:

—Voy a ponerle una querella, es un abusador. Atento a que está armado cree que nadie puede decirle la verdad.

—Papá, no debió reclamarle nada… no ve usted que yo siempre he callado. Los Oscuros no tienen educación y es en vano hablar con ellos, y mucho menos ponerles una querella en la fiscalía. Siguen protegidos por el dinero y la fama del Béisbol. Usted pudo evitarme esta situación hace años, pero ya es tarde… Lo que importa es que salí fuera de ellos y, aunque sigan molestando, sé que pronto acabará. No dijo nada, solo bajó su cabeza llena de tristeza. Esa acción me hizo saber lo mucho que lo sentía. Le toqué su barbilla y levanté su cabeza, diciéndole:

—Ya no se preocupe por mí papá, si quieren se pueden mudar conmigo a la ciudad y así evitamos esos encuentros desagradables.

—¡No, jamás! No Ela, nuestro lugar es aquí; esta es nuestra casa y por esos oscuros no la abandonaremos, primero muerto. Tú tranquila. Solo ven a visitarnos cuando tengas mucho deseo de vernos: nunca más quiero verte cerca de ellos.

—Ok papá, ya me voy… Cuídense mucho, los quiero y aunque no venga a menudo no significa que no los extraño… Adiós.

Ya me dirigía a mi auto, que estaba estacionado justo al frente de la casa, cuando lo escuché:

—Espera Ela, tengo algo para ti: es para protegerte. Quiero que te des unos baños.

Me pasó medio galón de un agua de color verde.

—¿Qué es eso, papá?

—Mira hija, después que tu hermano se dio ese tiro, yo me he quedado buscando respuestas de por qué pasó esa tragedia y fui donde una persona. Tú sabes, de esos que dicen saberlo todo… Me aclaró muchas cosas. No dejes de dártelos, que te ayudaran a que nadie te me haga daño. Y mira esta oración, léela cada vez que vayas a salir de tu casa; ella te cubrirá y cuidará de ti. Nada podrá hacerte daño.

     Elizabeth Valdez

Agarré el papelito y lo miré. Estaba escrito con sus enredadas letras, pero se entendía.

—¡Qué lindo!... Gracias.

Me llené de alegría y emoción porque nunca había visto a papá en esas cosas de oraciones. Pero un latido en el corazón me hizo dudar de tirarme esa verdosa agua que parecía tener lama. Cuando se distrajo, aproveché y fui donde mamá. Intuía que ella del asunto no sabía nada; que en eso no lo apoyaría.

—Mira déjalo aquí, que yo me encargaré de esa agua; la tiraré al inodoro. Le he dicho que lo único que hará es envolverse en la misma suciedad de esa gente.

Papá por poco nos sorprende.

—Ela, creí que ya te habías ido.

—Adiós… Ya si me voy.

Cuando lo despedí y le di la espalda, presentí algo extraño: que ya nunca más lo volvería a ver y que jamás se comería un sancocho como el que estaba a su lado. Seguí caminado. Son cosas mías, me dije. Subí al auto y regresé a la ciudad con esa extraña despedida que me había dado. Pensé que debí darle un fuerte abrazo y decirle lo mucho que lo quería y que gracias porque, aunque fuera después de tanto años, había cambiado un poco de actitud. En cada llamada, les pedía que se mudaran a la ciudad, no solo yo, también todas mis hermanas, pues con ellos cerca, yo estaría más tranquila. Cuatro veces hablé con él después de lo ocurrido. A la quinta llamada no respondió: se encontraba agonizando en la clínica.

Después de la tragedia de mi hermano, él se encargaba de estar al tanto del negocio. Cruzando la calle saliendo del mismo, una motocicleta lo atropelló.

Cuando me dieron la noticia, me eché la culpa: *«¡Perdóname, papá!»*, grité muy fuerte, desesperada de dolor y de remordimiento.

Me sentía tan responsable de sus muertes. Los dos habían perdido la vida trágicamente en el mismo entorno. Deliré cuando vi a Esteban al lado de su ataúd. Salía del baño de la funeraria y la puerta se cerró en mi cara. Quedé paralizada por unos segundos. La abrí de nuevo, para ver si era verdad… y sí: era Esteban. Estaba ahí, al lado del cuerpo de mi padre. Su abrazo me dio un poco de paz.

Cuando tuve que aceptar que sus ojos no me volverían a ver más, fue lo más desesperante y confuso que había vivido; nunca había experimentado tanto dolor. Odié tanto sus ojos que todo lo controlaban en aquellos años pero que, en ese momento, su mirada era lo que más hubiese deseado: que volvieran a mirarme; que se levantara de ahí. No era justo ni creí que era su hora.

«Papá, te fuiste. Me dejaste sola en este amargo camino; te faltaba ayudarme a resolver otras cosas; a enseñarme a ser valiente como tú… ¡No es justo!», le reclamé en mis adentros.

El Béisbol y una vieja historia

Yo nunca me atreví a ponerle pensión alimenticia, porque ya él me había anticipado que no la daría; que me iría muy mal si me atrevía a ponerlo a pasar tal vergüenza en la fiscalía; que si dañaba su figura pública en los medios de comunicación, pobre de mí.

Gracias al diezmo, pude comprar un apartamento y ya tenía mi negocio. Eso me ayudaba a que no fuera tal preocupación exigírsela. Pero hubo una temporada en que entré en una crisis económica y tuve que pedirle ayuda. Él aprovechó para pedirme que volviéramos. Vino al apartamento y me dijo que si era comida para los niños lo que hacía falta, fuéramos al súper mercado. Yo no quería ir, pero los niños me convencieron de que fuéramos todos. Llegamos y le pasó un carrito a Julieth.

—Cojan todo lo que quieran –dijo. La sonrisa se le estampó de oreja a oreja a Carlitos, al Pelotero y Julieth.

Dando vueltas por los pasillos del súper, empezó a quererme convencer de amanecer esa noche conmigo. Le dije que no, que si ese era el trato, que no pagara la cuenta. En unos cuantos minutos al carrito no le cabían más artículos: los niños lo tenían al rebose.

—Mira, los niños están felices, Ela, les gusta vernos juntos, dame otra oportunidad.

—Míralos bien… ¿No será que tenían mucho que no llenaban un carrito así, y menos de lo que a ellos se les antojara llenarlo? –le dije con total seguridad de lo que entendía era la fuente de su alegría–. Lo único que te puedo decir es que aunque tú y yo no estemos juntos, ellos seguirán siendo tus hijos. Pero te ha dado con ponernos las cosas difíciles, y no es solo comida lo que necesitan, lo sabes muy bien. Y por hacerme las cosas difíciles a mí, ellos también sufren. Aunque no lo entiendas así. Pero como dices ser loco con tus hijos, espero que pronto recapacites.

Pagó la cuenta. Cuando llegamos al parqueo y desmontamos todo, dijo:

—Voy a subir a ayudarlos.

—No gracias, ya se cuáles son tus intenciones… El seguridad me la sube.

De inmediato su rostro se desfiguró. Enseguida me di cuenta que era algo fatal lo que intentaría: sacó una pistola de debajo de su biblia y me dijo que no jugara con él. Los niños gritaron: «¡No, no la mates… nooooo!». Pensé: «*Hasta aquí llegó mi sufrimiento*». Pero me mantuve serena, para no provocar que esa arma se disparara.

—Hazlo si tienes el valor, pero mira a tus hijos… Ellos te pedirán cuenta –le dije tratando de hacerlo reflexionar.

Ellos seguían gritando, atormentados. Luego me la pasó a mí y me dijo:

—Toma, mátame tú a mí… no aguanto más.

—Márchate, por favor, y déjanos en paz, ya no te daré más oportunidad, prefiero morir aquí mismo.

Agarró los niños y los subió al vehículo. Yo me apreté el pecho porque sentí que se me desprendía el alma. Pensé los mataría a ellos y a él también. En ese instante, me llegó a la mente una tragedia que ocurrió en mi pueblo y que a nadie se le había

Elizabeth Valdez

olvidado. Entonces, me hinqué y exclamé: «*Dios, en tus manos encomiendo la vida de mis hijos y la mía, porque te juro que si eso pasa, me iré con ellos… ¡Escúchame por favor!*».

Duré unos segundos con los ojos cerrados. Sentí que el auto aún no arrancaba y abrí los ojos y me paré. Él tenía su cabeza pegada al guía, como si también pidiera algo. Estaba inmóvil, como si algo lo hubiese paralizado. Yo me acerqué despacio abrí la puerta; él seguía sin moverse. Saqué los niños y subimos al apartamento. Dejamos toda la compra en el parqueo. Luego de unas horas, el seguridad la subió.

Más tarde preparamos la cena. En la mesa todos estábamos con caras de frustrados delante de nuestros platos; con muy pocas ganas de comer la comida que estuvo a punto de arrebatarnos la vida.

Pasaron diez días. Era viernes en la tarde. Me llamó unas cuantas veces pero yo no le contesté. Me había dejado varios mensajes de texto diciéndome que quería hablar con los niños. Pasada una hora volvió y llamó; intenté responder la llamada pero volví a ignorarla. En eso Julieth me sacude una mano con todo y brazo.

—Mami, quiero hablar con papi, lo extraño… ¿Por qué ya no me llama?

La miré a los ojos; me pasé la mano por la cabeza, tirando mis cabellos con fuerza hacia atrás. Estuve a punto de gritarle: «*¡No te acuerdas lo que nos hizo!*», pero me contuve. Era una niña que amaba a su padre. A esa edad, los niños siguen ansiosos de nuestro amor. A pesar de nuestro comportamiento egoísta, ellos olvidan muy rápido. Aunque más tarde nos saquen las cuentas.

Respiré profundo y pensé que lo único bueno que ellos conocían de él, era el cariño que les daba y eso yo no se lo robaría. Quería que atesoraran ese detalle de su papá, ya que yo siempre le mendigué amor al mío. Le dije que él la había llamado unas cuantas veces, pero que estaban en el colegio. Ella me pidió que lo llamara y le contesté que más tarde. En ese momento sonó el celular y se la pasé:

—Hola papi... –ella se alejó para hablar con él y luego se lo pasó a sus hermanos. En unos minutos regresó con una enorme sonrisa, y me lo pasó a mí.

—Papi quiere hablar contigo.

No me atreví a cerrarlo, para no apagarle su sonrisa.

—Hola, ¿cómo estás?

—Ela, perdóname, me arrepiento de lo que pasó el otro día, quiero ver los niños y hablar contigo. Te prometo que no volverá a pasar, fue una tentación del demonio, tú sabes que estoy buscando de Dios.

—Sí. Por eso es que no quiero verte, no vaya a ser que en una de esas tentaciones nos quites la vida.

—No exageres, Ela, no tendría valor para eso. No viste que luego te la pasé a ti.

—Sí… Te salvaste porque el Diablo no me tentó.

La niña se me acercó y me dijo que él vendría el domingo a comer helados con ellos. Le colgué y le dije a Julieth que si, que comeríamos ese helado. Llegó el día y quedamos de juntarnos en una plaza, porque le dije que no nos iríamos en su vehículo, por seguridad. Compramos helados para los niños y nosotros pedimos dos capuchinos y nos sentamos aparte de ellos. Él quería contarme su historia, las cosas por las que había pasado. Quería buscar ayuda, porque le estaban afectando cosas del pasado. Le presté atención.

«Yo era muy niño cuando tuve que empezar a trabajar para sostener a mi familia. Salía todas las tardes con papá a tumbar

                                    Elizabeth Valdez

tamarindos para venderlos en el pueblo y poder comer; éramos muy pobres. En los montes había muchos. Solo tenía que subir a tumbarlos. Pero no era tan sencillo, las avispas me picaban ya trepado entre sus ramas y yo quería lanzarme del árbol; era una picazón insoportable. Pero papá desde abajo voceaba que no me atreviera a tirarme.

»Pero es que tampoco podía. Él me hacía bajar con cuidado mientras las avispas me picaban más y más. No podía tirarme, Ela: el pelotero que había en mí podía lesionarse. Papá ya no quería en unos años ser tan pobre; me estaba preparando para ser muy bueno. Las picaduras pronto se podían resolver con unos remedios caseros que ya mamá tenía preparados para cuando eso sucediera, pero una lesión o rotura, podría arruinarlo todo. Ella también quería que llegara. Me ayudaba, pero de una forma extraña. Me llevaba a diferentes lugares, y casi todos los martes era fija en casa de mi madrina, allí donde te llevé para entregarte el anillo.

»Al principio, me aterrorizaban todas esas imágenes; luego fui cogiendo confianza. Por horas imploraban por mi triunfo. Luego salía de ahí lleno de seguridad. Porque me aseguraban que iba a ser bueno. Hasta que me firmaron no teníamos con que comer, si no era a cambio de muchos sacrificios de mamá y papá y muchas picaduras en mi piel. Aún así, pasaba mucha hambre, tanto, que muchas veces me deseaba hasta la muerte. Pero no quería morir. Luchaba; quería llegar a Grandes Ligas para que mi familia y yo ya no fuéramos tan pobres.

»La presa me quedaba cerca. Entonces aprendí a pescar y ya el hambre se hacía menos presente en mi casa. Y las avispas no tenían que picarme.

—¿Y tus estudios, Béisbol? ¿Cómo te desarrollabas en esa parte?

—No quise volver a clases, cuando la abandoné estaba en segundo de primaria.

—¿Y qué pasó? ¿Por qué la dejaste?

—No tenía ropa para ese día, todos se ponían su mejor ropa para esa ocasión.

»Mi mamá me hizo unos pantalones con sus propias manos y con la ayuda de una vieja máquina de cocer que alguien le había regalado, después de unos meses trabajando como empleada doméstica. Me puse la camisa de uno de mis hermanos. Era día de recoger la nota y no tenía ni para llevarle un regalo a mi profesora. Me la pasó y, sin esperar a que yo extendiera bien mis manos para agarrarla, la dejó caer al piso. Me abajé para levantarla y mis pantalones empezaron a hacer un ruido; un ruido vergonzoso, que me atormentó y, mientras más me agachaba, más frustraste y perturbadora fue la experiencia.

»Aquel pantalón, que creyó mamá que era elegante, pues así me dijo cuando me lo midió, me defraudó en ese instante al dejarme totalmente al desnudo ante mis compañeros. Salí llorando y corriendo con toda la velocidad que pude. Mis lágrimas se cortaban con el viento. Nunca más volví a la escuela. Las burlas de mis compañeros fueron como puñaladas a mi alma y corrí rápido para no escucharlos. Pero las burlas ya se habían quedado resonando en mis oídos; penetraban en mis pensamientos; odié volver a verle las caras a mis compañeros… De ahí en adelante solo luché con rabia para llegar a las Grandes Ligas para que nunca más se atrevieran a burlarse de mí.

»Después de ver mi primer cheque de contrato, nunca más vi los estudios como algo importante. Lo único que me daría satisfacción era volver y llevarle un enorme regalo a la profesora que, de manera humillante, dejó caer mi nota… Porque estaba seguro que fue porque yo no tenía un regalo en mis manos.

    Elizabeth Valdez

Escuchar al Béisbol me dio tanta pena que se me salieron las lágrimas. Me acordé de un jabón kínder que mamá me envolvió en regalo, artículo que ya la profesora nos había anticipado que tenía muchos. Yo le dije a mamá que me buscara otra cosa para regalarle, pero no había para comprar otra cosa, dijo ella, y yo no tuve más que sufrir la vergüenza de ser la única que llevara ese jabón.

Continuamos la conversación y en eso le pregunté el porqué de su conversión al evangelio. Me dijo que de eso quería hablarme, me confesó que estaba teniendo muchas pesadillas; que soñaba que unos demonios llegaban al frente de su cama y lo halaban por los pies; que querían llevarlo al infierno. Le pasaba muy a menudo y que lo estaban perturbando; que buscando de Dios esas pesadillas pronto pasarían. Me planteó que yo también podía convertirme. Le respondí que a mí los demonios no me molestaban, que mejor tratara de convertir a la Reina y Los Oscuros. Me dijo:

—Créeme que lo he tratado pero no será fácil.

—Bueno Béisbol, en mi iglesia yo me siento muy bien, pero si en esa iglesia has encontrado tu paz, yo me alegro mucho.

—Los pastores me han profetizado que tú volverás conmigo; por eso todavía sigo pendiente de ti, Ela.

—Te están diciendo lo que quieres escuchar y, si tú estuvieras en verdad con Dios, los demonios no te molestarían.

Sabía que él estaba asistiendo a la iglesia. Los pastores me llamaban para decirme que Dios no va con el divorcio, que yo debía volver a unir mi Familia. Pero yo no veía ningún cambio en él que me motivara a creer que Dios no aceptaría el que yo quisiera estar libre de un matrimonio que solo me destruía.

La comunión

Llegué a una etapa de la vida en la que no le encontraba sentido a nada. Fueron tanto los años de infelicidad que pasé al lado del Béisbol, que cuando me encontré libre, quise disfrutarlo al máximo. Pero otras cosas en mí estaban fallando. Nada de lo que hacía me salía como yo quería; estaba a la deriva, pero todo me daba igual. Y mientras a mamá se les pelaban las rodillas orando por mí en el pueblo, yo vivía gastando suelas de zapatos en las discotecas y bares de la ciudad. Tenía tantas amistades que cuando no era uno, era el otro que tenía alguna actividad los fines de semana. De manera que los domingos solo quería dormir todo el día; cosa que antes no sucedía, pues desde niña ella me enseñó que los domingos eran para ir a misa. Todo eso había cambiado. Creí que mamá estaba equivocada y fuera de lo real; que eran cosas de viejos, pues la vida se vivía según donde ella misma te coloca. Dejé atrás todas las costumbres cristianas.

Era un viernes por la noche, mis amigas y yo habíamos coordinado la salida desde muy temprano. El fin de semana anterior a ese, mamá me visitó. Pasamos una tarde maravillosa donde una de mis hermanas y en la noche yo volví a mi rutina. La dejé en mi apartamento. Volví a media madrugada y ella aún no había pegado los ojos. Estaba de rodillas rezando. Le reproché el que aún estuviera despierta a esa hora. No dijo nada. Se paró y fue a dormir.

Al día siguiente llamó a una de mis hermanas para que pasara a recogerla, y se fue. Yo me sentí muy triste. Sabía que era por mis salidas. Ella tenía planeado durar unos días más y me sorprendió al otro día cuando ni siquiera se despidió de mí.

Maquillándome para irme la recordé; decidí que cuando ella estuviera de visita en mi casa no saldría. Pero ese viernes ya todo estaba planeado para amanecer. Me guiñé un ojo al espejo. Me dije: *«La noche es tuya, Ela»*.

Estábamos en la discoteca y la música y el alcohol tenía a todos en total adrenalina. Cerca de nuestra mesa se encontraban unos hombres que se notaban un poco rudos por los gestos de sus caras y sus brazos tatuados. También se podían calificar de mucho dinero. Bueno, al menos eso era lo que decía su mesa por la bebida que estaban tomando; también sus ropas y sus prendas.

Uno de ellos empezó a coquetear con una de mis amigas y, entre sonrisas y guiños de ojos, la mesa de nosotras se puso al mismo nivel.

—Amiga, ¿qué está pasando? Usted sabe que Figueroa viene de camino.

—Tranquila amiga, todo está bajo control.

—¿Y por qué le aceptó esta botella?

—Porque le mandaré otra más cara a la de ellos, que se creen que no podemos comprar lo que queramos beber —dijo mientras sonreía con sarcasmo.

Mi amiga había empezado a tomar desde antes de llegar a la disco. El punto de encuentro fue en la Plaza Colonial, en un restaurante muy chulo, donde primero cenaríamos y tomaríamos unos tragos. Tenían un *happy hour* que mi amiga aprovechó muy bien. Yo no pude acompañarlas por compromisos de trabajo.

    Elizabeth Valdez

Debido a los tragos del *happy hour* ella ya tenía el orgullo en sus buenas y quería hacerse sentir. Yo, aunque no dejaba reposar un trago en mi copa, y el mozo no dejaba de llenarla, sabía que nos estábamos buscando tremendo problema. De pronto sentí un codazo entre mis costillas.

—Ela, el tipo está armado, no sé como le dejaron entrar así.

—Algún dinerito se movió, amiga.

—Tú sabes que tienes que llevarme a casa, no te emborraches –me recordó una de ellas, que había llegado en taxi.

Figueroa era el novio de mi amiga y, al igual que ella, donde llegaba hacía alguna cosa para dejar algo de qué hablar. Cuando él solía sacar tiempo para ella, era raro que mis otras amigas y yo la acompañáramos debido a ese defecto. Pero ese día, la casualidad dictó que nos encontraríamos con él.

Pasaban las horas y mi amiga no dejaba de marcarle a su novio, luego soltó el celular y la noté enojada. Pidió una ronda de vodka, luego otra, y el enojo se le pasó.

—Ya no viene –gritó–. Vamos a pasarla mejor sin él.

Ella empezó a bailar con el tipo de la otra mesa y yo solo miraba la entrada, porque si Figueroa llegaba, por ahí mismo sería mi salida.

Gracias a Dios no se apareció. Nos fuimos justamente cuando el Dj puso una canción de despedida.

Llevé a mi amiga y me pidió que me quedara en su casa que yo no me notaba bien para irme sola a la mía. Le dije que yo estaba muy bien. De camino le di gracias a Dios porque no pasó nada en la discoteca. Seguí manejando y escuché unas bocinas; unas gomas que chillaron y unas luces de frente me dejaron ciega. No supe para donde giré el guía, o quién lo giró por mí. Solo doy fe de que no choqué porque en ese mismo momento me estaba comunicando con Dios. El otro vehículo aceleró con una rabia que salía de su motor; yo retomé el camino. Entonces, me di cuenta: estaba en vía contraria.

Entré a mi cuarto y me tiré de rodillas a darle gracias. Me di durísimo, porque con mis sentidos trastornados por alcohol no tuve equilibrio para hincarme despacio. Ya en la cama, todo me daba vueltas; sentía que mi cerebro era como una clara de huevo que batían lentamente. Odié esa sensación. Me paré y fui a la cocina a servirme una taza de agua con cuatro cucharadas de azúcar. Espere un rato. Cuando volví a la cama, ya no sentía el padecimiento. Me quedé dormida.

«Ela, Ela… Despierta. ¿Por qué tienes tanto tiempo dormida?». Intenté abrir los ojos. Supuse que mamá había llegado y me llamaba. Al instante supe que era un sueño; que no había dormido tanto. La ciudad todavía dormía. El silencio era palpable. Sentía mucho frío. Halé la corcha y me arropé de pies a cabeza.

«Ela…», me llamó una voz suave. Nadie hubiera podido pronunciar mi nombre así. Miré de donde venía la voz. Todo lo que vi a mí alrededor era transparente, pero a lo lejos, distinguí una señora con el pelo blanco platinado. Su rostro me pareció familiar, aunque no identificaba su voz. La blancura que reflejaba su vestimenta no me dejaba reconocer bien su cara. Me acerqué porque ella seguía pronunciando mi nombre de una manera increíble.

—María… ¿Eres tú?

La anciana asintió con la cabeza.

—Pero la última vez que hablé con mamá ella me dijo que habías muerto.

—Sí, así es, pero solo vine a darte esto.

—No María, no puedo. No estoy preparada; he dejado de creer… Me han pasado tantas cosas.

—Tómala, me mandaron a dártela: cómela y vuelve a misas. No dejes caer tu fe y acuérdate de tus promesas, las olvidaste.

  Elizabeth Valdez

Desperté emocionada y pensé muchas cosas sobre ese sueño. María era una viejita del barrio donde nací. Recuerdo que desde niña siempre la vi igual: de unos ochenta años. Pero en el sueño, su rostro lucía muy bien cuidado. Todos los días visitaba una por una las casas del barrio hasta que cayó enferma y ya no podía pararse de su cama.

A pesar de que María fue tantas veces a mi casa, yo solo la visité una sola vez en su enfermedad. Pero estoy segura de que de haber seguido viviendo en el pueblo, hubiera ido una cuantas veces más. Aunque fuere por insistencia de mi madre. Recuerdo que fue ella quien me dijo:

—Ela, antes de irte pasa por donde María, que a lo mejor cuando vuelvas, ya no estará aquí.

No pude ignorar ese sueño, porque sabía de lo que Dios me había librado esa madrugada. Fue un verdadero milagro.

Porque Dios lo quiso así

Siete años habían transcurrido desde que salí del pueblo y por más demanda de divorcio que le puse, nunca se me dieron. Por una u otra causa quedaban inconclusas. Pero un día, cuando menos lo esperaba, el Béisbol volvió a enamorarse.

Como por arte de magia u orden divina, a los pocos días recibo una llamada. Era su abogado. Quería que yo fuera a mi pueblo para que habláramos. No dudé en ir; intuí que el universo se había puesto de mi parte.

—Ela María –dijo con una voz suave y relajadora–; ya no la veo en el pueblo… ¡Tan mal la trataron!

—No, usted sabe... prefiero la ciudad –sabía los motivos que quería indagar.

—Y Dígame… ¿Por fin se decidieron a ceder?

Le manifesté mi inconformidad por todo lo que tuve que pasar gracias a él.

—Usted sabe que él es mi cliente, y mi profesión es defenderlo. Mire, el Béisbol quiere que firmen un divorcio por mutuo consentimiento. Fíjese, es lo mejor para los dos… son los padres de los mismos hijos y deben quedar amistosamente por ellos.

—Bueno, usted sabe que una vez también se lo propuse así y no aceptó, los motivos son otros –le dije guiñando un ojo.

—Sí, pero el último por incompatibilidad de caracteres, le hubiese generado muchos conflictos. Y por muchas razones, tendrán que seguir en comunicación… y mejor es que sea amistosa.

Hacía apenas cuatro meses que nos habíamos juntado en un tribunal en la ciudad y no quiso firmarme. Pero esa era mi oportunidad. Yo estaba que no me aguantaba en la silla de esa oficina. Lo que quería era salir corriendo a celebrar; no imaginé que después de tantos años lo propusiera él mismo. Lo había demandado cuatro veces y no lo había logrado. Lo que más me gustó fue que, como parte del acuerdo, me dejó la custodia de los niños.

Deslicé mis brazos encima de su escritorio con mis hombros caídos. Parecían como si lo hubieran aliviado de cargas muy pesadas. Lo miré diciéndole:

—No sabe usted el gusto que me da estar aquí, y claro, firmarlo de cualquier modo.

Después de leer el documento, revisando que todo estuviera bien… firmé; pero aún con la perplejidad dando vueltas dentro de mí.

—Bueno, Ela, eso era todo. Cuando salga el divorcio le llamo para avisarle.

—Ok, adiós. Muchas gracias.

Salí de ahí. Enseguida me fui a la iglesia a darle gracias a Dios y luego a contarle a mi madre. Ella se sintió igual que yo: feliz. Pero en vez de irse a rezar y dar gracias como era su costumbre cuando le llegaba una buena noticia, se puso a preparar una rica comida. Ya sentadas en la mesa, dimos juntas gracias a Dios. Me imaginé lo mucho que había orado por mí; por esa situación todo este tiempo… y se lo agradecí.

—Mamá, aunque tus oraciones tardaran tanto para llegar al cielo, te doy las gracias –continuamos comiendo por un rato en silencio. Entonces le pregunté:

Elizabeth Valdez

—Y dime, mamá, ¿por qué ahora que estás sola no te vienes a vivir conmigo a la ciudad?

—No. No puedo dejar esta casa ahora. El padre Junior viene y celebra misas aquí todos los martes; también los niños y niñas del barrio se preparan aquí para sus bautizos. Les doy las clases, junto con mi vecina Jenny. Ya tengo ese compromiso –me explicó muy orgullosa.

—¡Waoooo, mamá! Que bendición: ese fue tu premio por ser la más rezadora del barrio –nos reímos un poco.

—Ya tengo que regresar, mamá. Que pena dejarte tan sola.

—Yo no estoy sola, mi hija –me dijo muy segura de sus palabras y conforme de seguir ahí.

—¿Todavía te acompaña? –le pregunté sonriente. Ella asintió.

Se me engrifaron los pelos. Esa vez no la vi llorar con su rosario. Lucía muy bien colgado en la hermosa piel arrugada de su pecho.

—¿Te imaginas cómo se pondrá cuando lo sepa?

—Sí mamá, feliz… La última vez que lo vi y me empuñé ese papel; era lo que más quería.

—Desde que venga a mi lado esta noche se lo susurraré –me prometió.

Se me salieron las lágrimas. Mi piel seguía enchinada. Le di un beso en la frente.

—Mamá… ¿Tú salud, cómo va?

—Todo controlado mi hija… La circulación que me tiene que no me apeo unas medias que me recetaron. De la presión, no me pueden faltar esas pastillas. Pero gracias a Dios me siento bien… ¿A qué no adivinas con quién me encontré en el hospital? –agregó emocionada.

—Ahhh… Ni idea mamá, tú dime.

—Con Tony, el hijo de mi compadre Rafael, ahora es doctor, después de fracasar en la pelota, fue tras sus sueños y ahí está, un doctoraso ese muchacho.

—¡Waooo, mamá!, no sabes cuanto me alegra escuchar eso. Muchos se quedan frustrados cuando no llegan a las grandes y no siguen sus estudios. Pero deben saber que el mundo sigue y aunque la pelota les marca una edad, estudiar no: ellos nos dan siempre la oportunidad.

—Sí, mi hija. Mi comadre Teresa ahora es que está aprendiendo de letras. Tú sabes, en los programas que tiene el gobierno ahora *pa* los viejos, que no aprendieron cuando chiquito…. ¡Jajajajajajaja!

Mamá dijo eso con una gracia que yo me morí de la risa, pero estaba feliz de verle su entusiasmo de que Teresa aprendiera. Me dijo que luego, cuando terminara de aprender, la pondría a ayudarla con los niños en el catecismo.

Me despedí de ella. La dejaba tan sola, que se apagó la sonrisa que había tenido hacia unos segundos.

—Con Dios, mi hija –dijo entre su último bocado; echándome atrás todos los santos, acompañados de su bendición, como siempre lo hacía.

De regreso a la ciudad, contemplando la naturaleza; las idas y venidas de los carros y autobuses; imaginando la distancia que me separaba de mi pueblo y la soledad en la que había quedado mamá en la mesa, pudiendo haber estado acompañada de papá, del que solo su fantasma la visitaba en las noches… Me embargó la melancolía. Comencé a reclamarle a la vida, a Dios, al Béisbol, a papá y mamá, a Los Oscuros y la Reina, al destino… A todos… ¿Por qué nací al lado de un *play* de béisbol y no cerca de la playa; o al lado de una cancha de voleibol, que era el deporte que a mí me gustaba? Como había firmado el divorcio, ahora

                    Elizabeth Valdez

quería preguntarme el porqué de tantos años de sufrimiento… Por qué tener que pasar por todo aquello; por qué tuvieron que morir así mi padre y mi hermano.

Cavilaba sobre todo eso ahogada en llanto; golpeando con fuerza el guía. Luego me calmé y seguí manejando. Leí lo que decía el cristal trasero del carro de concho que iba delante. Allí estaba mi sorprendente y alentadora respuesta: *«Porque Dios lo quiso así»*.

Se me volvió a poner la piel de gallina. Ni una palabra menos o más: así respondió mis quejas. Me dije que si Él lo quiso así, yo no era nadie para querer algún día distorsionar lo que ya estaba escrito.

En unos cuantos meses salió el divorcio. Me di cuenta que estaba divorciada el mismo día de su boda, por unas fotos que subieron a Facebook. Por el periódico nadie se enteró de ese evento. El Béisbol ya no daba noticias, ni primicias; se había alejado de las Grandes Ligas. Pero sí se había vuelto muy famoso en las iglesias donde sus pastores lo invitaban a predicar. A los pocos días ya me había enterado de todo lo que pasó en la boda: *pueblo chico infierno grande…* o, mejor dicho… conocido. Me enteré de que Los Oscuros tampoco asistieron a ese segundo matrimonio, pero que a él se le veía muy feliz.

Quería olvidar al Béisbol por completo; imaginar que nunca se cruzó por mi camino, y que aquella pelota nunca me había pegado y arrebatado mis cuadernos. Me sentía totalmente libre. Pero, el primer día que me tocó llevar a mi hijo a sus prácticas, y contemplé el estadio, supe que siempre llevaría parte del Béisbol en el Pelotero.

Los años habían pasado por mi pueblo: todo estaba diferente. Las ruinas de las minas ya no lo eran, ahora se habían convertido en una gran compañía y todo funcionaba mucho mejor que la primera vez excepto por la contaminación que causaba, de la que el pueblo se quejaba.

Comencé a viajar más a mi pueblo, ya Los Oscuros no me intimidaban. Mi promoción del liceo había formado un grupo de *WhatsApp* donde quise decir presente desde que me enteré. Me agregaron entre los contactos. Fue como volver a mi adolescencia. Armaron un reencuentro y asistí. Estábamos casi todos. Cuando vi a Pedro Pablo, de inmediato recordé a Esteban; en aquellos tiempos eran inseparables. Pero no hablamos de él. Solo quería compartir y hablar con todos.

Varios días después de esa actividad, intenté comunicarle a Esteban que ya todo ese capítulo en mi vida estaba resuelto, que ya tenía mi divorcio; que entendía que era un deber informarle, por lo mucho que le había hablado de mis problemas y por todo lo que había pasado para conseguirlo. Quería decirle que ya lo había logrado. También quería preguntarle por algo que, si me daba su permiso, se lo contaría a la mujer del mar. Pero cuando quise comunicarle todo, Esteban ya no estaba; había desaparecido el único medio de comunicación que teníamos: su perfil de Facebook ya no tenía su rostro.

                    Elizabeth Valdez

Epílogo

Me encuentro nuevamente en un banco. Ya no tan sola. Estoy llena de recuerdos, sentimientos y emociones; las páginas en blanco ya lo sabían. Lo notaron en mi rostro y cuando sintieron la punzada del lápiz, se emocionaron al saber que las llenaría de más de mí… Tenían mucho esperando. Pero no podían adivinar qué tipo de pensamientos habitarían mi mente cuando terminara de confesarles todo.

Era su fin; ya estaba dicho...

«Escribe, escribe todo lo que te llegue a la memoria. Recuerdos que te lastimaron y dejaron alguna herida; luego busca donde hacer una fogata con esas hojas», recomendó mi psicólogo la última vez que nos vimos.

«También podría funcionar romperlas en pedacitos», me dije. Con ese método me deshice de un horroroso recuerdo de cuando era muy niña.

Todo empezó como un juego. Se reía y jugaba conmigo como si fuera uno de mis hermanos. Pero un día empezó a jugar como ninguno de ellos lo hacía. Empezó a querer jugar conmigo en privado. Me escondía en la cocina de su casa y empezaba a tocarme mis partes íntimas. Se masturbaba y me decía que si decía algo mataría a mi madre, antes de dejarme salir de la cocina. No quería que cumpliera su amenaza.

Pese al chantaje, cuando lo veía acercarse para hacer lo mismo de nuevo, yo intentaba correr, pero sus brazos fuertes y sus asquerosas manos lograban alcanzarme fácilmente. Algo pasó y los vecinos se mudaron. Eso puso fin a mi pesadilla. Años después escribí esa experiencia con cada detalle. Trituré esos escritos entre mis manos; así pude exorcizar el recuerdo de ese abusador.

Me había cansando de escribir y miré las páginas una por una y ellas a mí.

«Sí, su destino era ser quemadas y el mío olvidar… Pero he preferido cambiarlo; me siento mejor con tan solo contarles todo».

Las recogí y volví a colocarlas en mi carpeta.

Era una niña feliz. Memorizaba mi diario día a día. A esa edad todavía no había aprendido a manejar el lápiz ni hacer nada útil con el papel. Recuerdo que la primera vez solo hice muchos garabatos y rayar unas paredes. No recuerdo si me regañaron, aunque puedo apostar a que si. No imaginaba que combinándolos adecuadamente podían concebir letras, ellas palabras que a su vez crecían en párrafos, estos en capítulos y, finalmente, madurar en narraciones, poemas, ensayos… ¡Confesiones!

También que se pudiera escribir un cuento de hadas con princesas, como los que me contaba mamá por las noches; cartas que te pueden hacer llorar, incluso, antes de empezar a escribirlas; o, una vez escritas, romperlas antes de entregarlas por temor a lo que pueda pensar la persona a quien se las escribes. No imaginaba que con ellos dos pudiéramos plasmar recuerdos que, con el pasar del tiempo, podemos olvidar si no lo hacemos.

Como entonces ignoraba el poder del lápiz y el papel combinados, todo lo hacía en mi memoria: ella era mi diario. Hasta que conocí uno donde podía escribirlo todo, ya sabía como usar el

     Elizabeth Valdez

lápiz, solo que ese día que quise empezar a escribir, sentí mucho miedo. Y es que de la niña feliz, quedaba muy poco. Así que decidí seguir con él en mi extraña biblioteca, donde solamente yo podía encontrarlo y leerlo.

Al pasar los años se sumaban capítulos que me dejaban tan marcada que sabía que nunca podría olvidarlos; pero me equivoqué. A causa de ellos, esa enfermedad llegó a mí, y a mi biblioteca también. Me di cuenta que mientras buscaba y rebuscaba entre sus páginas, se habían perdido importantes capítulos que no quería olvidar, pero que se estaban borrando. No podía recordarlos como siempre lo hacía cuando me sentaba a pensar por largas horas con mi taza de café. Entonces, llegó *ella*. Se aparecía y yo empezaba a contarle. Muchas veces, cuando llegaba y yo no recordaba nada, se ponía muy triste, y se marchaba con su carpeta cerrada sin un detalle más de mí.

El río estaba muy bajito; la corriente me dejó en la orilla y salí. El viaje fue largo, pero logré conseguir todo lo que había soñado para poder llegar hasta *ella*. La lucha me dejó casi sin recuerdos, pero gracias al lápiz y al papel, pude revivirlos a todos. Con ello, mi memoria recuperó todo lo que había olvidado.

Entonces, después de hablar con *ella* esa tarde de Semana Santa, todo tomó forma.

No podía despedirme y cerrar la carpeta sin volver a hablarle. Volví a la playa. Caminé por la orilla; el cielo estaba nublado; el viento soplaba fuerte y las olas rugían. Sentí miedo. Pero en ese momento pensé en mí.

—¿Cuándo regresas? —preguntaron las que quedaron en blanco.

—No lo sé.

—¿Nos vas a seguir contando?

—No, creo que ya no vale la pena recordar nada más.

—Pero es que aún no ha terminado… Tu vida.

—Tienen razón… Volveré.

Esta edición de *El diablo también juega béisbol*, consta de una tirada de 1,000 ejemplares y se terminó de imprimir en el mes de marzo de 2017, en los talleres gráficos de Editora Búho, en Santo Domingo, República Dominicana.

www.ingramcontent.com/pod-product-compliance
Lightning Source LLC
Chambersburg PA
CBHW021355150726
47989CB00005B/2256